Y.^{2} 797.

c

HISTOIRE
D'IZERBEN,
POËTE ARABE,
TRADUITE DE L'ARABE
PAR M. MERCIER.

Felices errore fuo...... Luca.

A AMSTERDAM,
Et fe trouve
A PARIS,
Chez CELLOT, Imprimeur-Libraire, rue
Dauphine & Grand'Salle du Palais.

M. DCC. LVI.

AVERTISSEMENT.

ON n'a point eu ici le deſſein de dénigrer un art charmant & utile, encore moins ceux qui l'exercent. On a peint un poëte dans toutes les circonſtances de ſa vie, & on a ſaiſi quelques ridicules ſans fiel & ſans aigreur. Ceux qui ſavent lire découvriront aiſément le but de cet ouvrage.

HISTOIRE D'IZERBEN,
POETE ARABE.

CHAPITRE PREMIER.

Naiſſance, éducation, caractere du Poëte IZERBEN; ſermon inutile de ſon pere.

Sous le regne du bon Roi Vallid (1), vivoit chez les Arabes un bon citoyen nommé Akob, homme de beaucoup d'eſprit. Il avoit un cœur excellent. Il ſe maria aimant ſa femme & ne ceſſa

(1) C'étoit un fort honnête homme de Souverain, entouré d'un tas de fripons, lequel vivoit l'an du monde . . . .

point de l'aimer. Il en eut deux fils ,
Izerben & Carités. Le bon homme
enchanté donna tous ſes ſoins à leur
éducation. Il ne ſuivit aucun de ces
beaux ſyſtêmes admirables dans la
théorie , impraticables dans l'exécu-
tion , qui veulent former les enfans
par des loix générales , ſans ſonger à
la prodigieuſe diverſité des caracteres
& des talens. Akob, qui n'étoit point
novateur , ſe contenta d'enſeigner à
ſes enfans les ſciences qui ſervent à
développer l'eſprit ; il leur montra
ſur-tout les avantages de la vertu ,
qu'il fortifioit en eux par des diſcours
pleins de douceur & par ſon exemple.
Ce bon pere fut récompenſé de ſes
travaux ; il eut la joie de voir ſes enfans , ſi chers à ſes yeux , acquérir des
connoiſſances , & , ce qui vaut mieux
encore , poſſéder un caractere heureux
qui les faiſoit rechercher. Tous deux
étoient preſque du même âge ; ils
avoient reçu les mêmes principes &

pouvoient jouir tous deux de la même félicité, si l'astre dominant, si l'astre invincible qui préside à notre naissance, en présidant à celle d'Izerben, lui eût permis de devenir aussi heureux que son frere.

Izerben aimoit la vertu autant qu'il détestoit le vice ; Izerben avoit reçu de la nature, qui donne le germe du génie, une conception heureuse, une imagination vive & facile, un esprit plein de feu ; son caractere étoit élevé, son cœur sensible, surtout généreux ; il étoit encore doué d'un amour infatigable pour le travail : mais Izerben avoit un défaut, il étoit poëte, & tant de dons si rares, si chers, si précieux, ne furent plus qu'un présent funeste, qui, loin de lui apporter le bonheur, causerent toutes les infortunes de sa vie.

Mais, il faut tout dire, Izerben pouvoit-il se défendre des charmes de la poésie ? Bercé dès l'enfance sur les ge-

noux des Graces , en société avec
Homere , Euripide , Anacréon , nourri
de ce que l'esprit humain a jamais
formé de plus fin & de plus délicat ,
comment ne pas idolâtrer les Muses ?
Est-on maître de résister à leurs attraits ,
ou de s'y livrer médiocrement ? Quoi,
nous nous promenerons avec Catulle
dans les bosquets parfumés où il sou-
pire près Lesbie , nous suivrons Ovide
dans le palais brillant de l'imagination , nous rirons de tout notre cœur
avec le bon sens d'Horace , notre
oreille délicieusement flattée sera sans
cesse remplie de la trompette de Virgile , notre esprit sera élevé au-dessus
de lui-même par le vol majestueux
des Pindares , nous respirerons le goût
de la liberté à chaque page de Tacite ,
& l'on voudra qu'au sortir de ces beaux
lieux nous allions , errans dans d'ob-
curs sentiers hérissés de ronces , entendre les cris barbares de la discorde ,
parler un jargon ridicule , épouser dans

une fureur vénale de petits intérêts ;
souvent honteux , ou, ce qui est plus
cruel encore , ramper devant les idoles
de la fortune , les encenser , implorer
un coup-d'œil de leur front dédaigneux ; tandis que l'amour des beaux
arts , en éclairant notre esprit , a formé nos cœurs à la fierté d'une noble
indépendance. Hommes inconséquens,
brûlez donc ces chef-d'œuvres admirés
des siecles & qui perpétuent la flamme
du génie, détruisez ces édifices élevés
par les Rois & où des maîtres de
goût versent à longs traits le poison
enchanteur de l'antiquité , ou cessez
d'être étonnés de l'impression profonde qu'il laisse dans les esprits ! Non,
rien ne peut plus rallentir l'enthousiasme qui possede Izerben , l'ivresse
de la poésie remplit son ame ; tout
autre langage lui paroît froid , toute
autre occupation lui devient insupportable.

Son étoile pour comble de malheur

l'avoit mal fervi. Il naquit dans un
rems où le public étoit las de poëtes ;
il lui falloit, pour ainſi dire, contre-
balancer tous ceux qui l'avoient de-
vancé ; on lui oppoſoit de grands
noms, des ouvrages admirés, on l'accabloit des éloges ſans bornes donnés
aux grands maîtres dont il ambitionnoit d'être un jour le rival. C'étoit peu ,
une philoſophie raiſonneuſe & deſ-
tructive avoit pouſſé de profondes
racines ; elle avoit, ſans le vouloir, émouſſé le ſentiment, éteint
ce beau feu, cette noble fierté, ces
aimables écarts, qui prennent moins
la raiſon pour guide que la chaleur
impérieuſe du moment. Un déclama-
teur moitié hardi, moitié chagrin ,
amuſoit plus par de ſinguliers para-
doxes, que le meilleur poëte par ſes
vers. Ce fiecle léger accueilloit vivement la fatyre de ſes loix, de ſes
mœurs, de fon gouvernement, fatyre
qui réveilloit ſeulement fon indolence,
& bâilloit aux productions férieuſes.

du vrai génie. Il étoit fur-tout avare
des lauriers qui couronnent les poëtes,
parce qu'il en avoit d'excellens ; il ne
vouloit plus faire de nouveaux frais
d'admiration, parce que la foule des
prétendans croiffoit chaque jour.

, Quels efforts ne falloit il pas faire
pour captiver un inftant fon attention?
Ce n'eft point qu'Izerben n'eût pas
les qualités néceffaires pour former un
bon poëte : jufteffe, efprit, goût,
chaleur de l'ame, il avoit tout ; mais
le chemin du fuccès étoit encore incertain, gliffant, douteux ; la réputation dépendoit prefque de mille
circonftances étrangeres. Il falloit un
protecteur pour en impofer aux
grands, un journalifte pour les pro-
vinces, une femme enfin qui vous
déclarât aimable, quoiqu'auteur. Sans
cela comment faire entendre fa voix
parmi tant de voix confufes ! comment ne pas fuccomber fous le faux
mépris de mille envieux !

A v

Une paſſion forte nous cache les dangers & ne nous en préſente que les avantages. Izerben ne voyoit que la gloire & non ce qu'il lui en coûteroit pour l'acquérir. En vain il prônoit cette fiere indépendance de l'ame , en vain s'étoit-il mis au deſſus des événemens de la fortune : eſclave de la renommée , le beſoin de la gloire le tyranniſoit ; beſoin d'autant plus malheureux que rien ne peut abſolument le ſatisfaire , & qu'il s'augmente par le ſuccès. De même que le jeune Alexandre, dévoré d'ambition, ſoupiroit devant le buſte d'Achille , ainſi le jeune Izerben , brûlant de la ſoif immodérée des louanges , hâtoit par des vœux ardens le jour qui lui ouvriroit la carriere de la gloire. Les applaudiſſemens du théâtre faiſoient palpiter ſon cœur d'impatience ; & s'il jettoit la vue ſur un homme célebre , il le regardoit comme un homme très-heureux , il gémiſſoit & envioit ſon

fort. Capable de tout , foutenu par
l'œil du public , il feroit tombé dans
l'impuiffance , s'il eût ceffé d'avoir
l'honneur pour perfpective. Le caractere d'Izerben n'eft pas difficile à faifir ;
un poëte ne peut guere cacher les
mouvemens de fon ame. Izerben a
pour vertus le courage , la nobleffe ,
l'horreur du vice : mais auffi il a tous
les défauts qui femblent inféparables
des poëtes ; il n'eftime dans le fond de
fon cœur que les vers , & parmi les
auteurs modernes , que foi. Il dédaigne
tout homme qui n'aime point la
poéfie ; il veut être admiré , & il a
cet orgueil fecret qui fe place au premier rang. Un amour propre extrêmement fenfible le fait frémir de la
moindre critique ; il pardonneroit
plutôt à fon affaffin qu'à fon ariftarque.
Son idolatrie pour fes ouvrages va
jufqu'à préférer le flatteur adroit à
l'ami fincere ; que dis-je ? il n'en a pas ,
il s'occupe trop de lui pour qu'on s'at-

tache à un cœur rempli d'un vain fan—
tôme : ajoutez quelques travers qui le
rendent ridicule. Il prend par air un
ton décifif, tranchant ; il gâte, il dé-
figure un efprit aimable, par la de-
mangeaifon de briller feul. Il ne connoît la médifance qu'envers fes rivaux,
il ne les a jamais loués & c'eft de
bonne foi qu'il les méprife ; fon anti-
pathie eft du moins vraie, mais elle
ne dépend point de lui. Il eft injufte
fans être méchant. Izerben eft affez
bien fait de fa perfonne (ce qui ne
contribua pas peu à fes premiers fuccès) ; il a le front large, l'œil étein-
celant, le nez que demande Horace,
le regard perçant. Lorfqu'il s'abandonne à tous les mouvemens de fon
cœur, la flamme fubtile du génie re-
luit fur fon front, la contrainte eft
fon fupplice, la liberté lui rend l'ame
& le fentiment ; & comme c'eft dans
le fourire où l'ame telle qu'elle eft
vient, comme à notre infçu, fe peindre

fur le bord de nos levres , le fourire d'Izerben eſt à la fois bon , fpirituel , mais orgueilleux.

Carités avoit les vertus de fon frere & n'avoit pas fes défauts. Il étoit , il eſt vrai , privé de cette force d'imagination , de ce génie ardent qui caractérifoit Izerben : mais il en étoit peut-être plus propre à mieux voir la valeur réelle des chofes. Son efprit ayant moins de feu , étoit auſſi moins fujet à s'égarer. Occupé d'un commerce honnête qui lui laiſſoit d'heureux loifirs , il jouiſſoit de tous les plaifirs de la jeuneſſe , fans la confumer , ainfi que faifoit fon frere , dans les travaux d'une immortalité future. Content de l'eſtime de quelques amis qui étoient l'univers pour lui , il regardoit l'idée de répandre fon nom comme un preſtige qui nous aveugle fur nos vrais intérêts. Il s'affligeoit fincerement de voir Izerben , qu'il aimoit beaucoup , fe livrer fans relâche à des veilles lon-

gues, ufer fa fanté pour une gloire
incertaine. Il lui avoit inutilement fait
la guerre fur ce chapitre ; il confentoit
volontiers à s'entendre dire fes vérités
excepté celle-là.

Le bon Akob, d'autant plus mé-
content qu'étant éclairé il connoiffoit
tous les dangers du métier de la poéfie,
blâmoit l'ambition de fon fils, com-
battoit fes ridicules projets, employant
tour à tour la raifon & la plaifanterie,
arme quelquefois plus forte. Sa tendreffe vouloit le détourner de ces fen-
tiers épineux, où le plus habile s'eft
bleffé. Plufieurs fois il lui démontra
le néant de cette vanité, de cette chimere de l'imagination qui abufe les
poëtes. Il mit dans le creufet cette
gloire fi vantée, elle fe réduifoit en
un vain fon qui ne fait rien au bonheur ; il lui fit voir à fa fuite l'envie
ténébreufe, la haine envenimée,
la rage des méchans, une foif
plus ardente allumée dans les veines.

de l'infortuné qui veut affervir tous
les fuffrages & qui n'en vient point
à bout. C'eft peu , il lui offrit par
plufieurs exemples ces idoles d'un jour
le lendemain ignominieufement bri-
fées & traînées dans la boue, le remord
qui vous furprend dans un âge plus
avancé , où l'on voit avec effroi le
tems écoulé & perdu , où la néceffité
d'avoir encore de l'efprit fatigue & devient un fupplice. Il lui prouva enfin
quelle folie dangereufe c'étoit que de
fe tourmenter pour offenfer l'amour
propre de tous les hommes, fecrete-
ment jaloux des dons de l'efprit. Il cita
la lifte nombreufe des poëtes infortunés. Les plus célebres avoient effuyé
les plus grandes perfécutions, les plus
fâcheux revers. L'indigence avoit été
le partage des uns , le mépris, plus
cruel encore , le partage des autres.
Deux ou trois dans chaque fiecle ,
tout au plus, furnageoient avec mille
efforts ; le refte, plongé dans la fange,

élevoit par leur clameur les rifées des témoins de leur honte. Akob voyant fes raifons inutiles, l'engagea par des prieres, par des larmes même que le fentiment lui arrachoit, à faire un meilleur ufage de fon génie, à fe poulfer dans le monde, pour lequel tout citoyen doit utilement travailler, à fe rendre enfin eftimable plutôt que célebre. Izerben étoit attendri, ému, mais inébranlable, rien ne pouvoit le corriger : cette paffion active & dévorante étoit trop enracinée dans fon ame ; il fe défendit avec ce fang froid qui ne doute pas de la bonté de fa caufe, il prononça les grands mots de gloire, d'honneur, d'immortalité, il avoua modeftement qu'il reffentoit cette flamme divine, partage des génies privilégiés, qu'il appercevoit diftinctement la couronne de laurier que la gloire aux aîles brillantes defcendoit fur fa tête ; & voyant fon pere entrer en courroux, il le plaignit inté-

rieurement de n'être pas né poëte (1) ;
pour mieux juger , pour mieux fentir
par lui-même tout le prix de ce feu
célefte qui embrafe les favoris des
Mufes.

CHAPITRE II.

Le poëte IZERBEN devient amoureux
d'ALMANZAIDE : il fait l'amour
& des vers. Mort d'AKOB. Elégie
funebre d'IZERBEN.

CEPENDANT ce pere tendre ne fe
laffoit pas d'affurer le bonheur de fes
enfans, encore plus par fes actions que
par difcours. Eclairé, & dès-lors indul-
gent, il pardonnoit tout bas à la folie
d'Izerben, qui d'ailleurs étoit un fort

(1) Ah, Monfeigneur, difoit un payfan au
Marquis de fon village , quel malheur que
vous ne foyez pas des nôtres! vous auriez
bien du plaifir tous les dimanches.

honnête homme. Akob favoit qu'il
faut une paffion à l'homme pour le
rendre heureux, & que celui-là eft
heureufement né qui n'a qu'une paffion ridicule : mais il fe croyoit en
même tems obligé de montrer la
route la plus fûre à fon fils.

Akob avoit un ancien ami qu'il
avoit cultivé dans les différentes circonftances de fa vie. Ils s'aimoient dès
leur jeuneffe & fe trouvoient liés par
tous les nœuds qui uniffent les belles
ames. Rhefis étoit pere de deux aimables filles qui étoient dans tout l'é-
clat de leur beauté. Akob projettoit fe-
cretement un mariage avec fes deux
fils. Son amitié pour Rhefis en re-
doubloit. Quel plaifir pour ce bon
vieillard quand il vit que l'amour
avoit déja commencé ce qu'il défiroit
avec tant d'ardeur ! Son cœur s'épa-
nouit de joie, & il rendit graces au
Ciel d'être pere. Almanzaïde avoit
fubjugué Izerben par la majefté de fa

taille, la nobleſſe de ſes expreſſions ;
& par un certain orgueil qui, choſe
ſinguliere, ne déplaiſoit pas au ſien.
Azora avoit plu à Caritès par ſa douceur, ſa timidité & ces graces naïves
auxquelles on n'échappe pas. La
flamme de l'un étoit plus vive, plus
impétueuſe ; celle de l'autre plus tendre, plus ſincere. Dès ce moment leur
hymen fut arrêté ; Izerben étoit moins
preſſé que ſon frere de l'accomplir. Il
avoit ſes projets. Akob & Rheſis de
leur côté ſatisfaits, béniſſoient le Ciel
ſans craindre le moment qui viendroit
fermer leur paupiere.

Etre poëte & être amoureux, c'eſt
plus qu'il n'en faut pour tourner une
cervelle. Izerben fréquentant Almanzaïde, penſa devenir tout à fait fou :
mais l'amour n'eſt pas long-tems la
paſſion dominante d'un poëte, il revient à la vanité. Izerben, qui en général avoit aſſez mauvaiſe opinion des
femmes, fut choqué des rigueurs hau-

raines d'Almanzaïde qui affectoit une vertu trop finguliere pour être crue. Il l'aimoit, mais ne voulant pas moins fatisfaire fon orgueil bleffé, il conçut le projet d'un triomphe auffi doux pour fa vanité que pour fon amour. Elle l'avoit maltraité par un fafte mal entendu ; lui dans fa vengeance ne vouloit plus devoir aux faints droits de l'hymen ce qui, felon lui, étoit dû à fon feul mérite. La conquête de cette fiere amante lui parut auffi flatteufe qu'un fuccès poétique. Il tenta tout : mais peu fin avec tout fon efprit, Almanzaïde lut dans fon cœur comme à travers un criftal, & elle s'apprêta comme il faut à le mener loin. En fait d'orgueil, une femme eft victorieufe d'un poëte. Le pauvre Izerben, loin de l'humilier, perdit bien des paroles & du tems.

Almanzaïde étoit plus belle que jolie, moins agréable que féduifante : des yeux noirs & trompeurs, des four-

cils hardiment deffinés, mais où l'artifice étoit logé, une taille admirable,
le bras, le pied parfaits, le port d'une
déeffe, peu de grace & beaucoup de
majefté; voilà fa figure. Quant à fon
efprit, ayant réfléchi de bonne heure
fur la tyrannie des hommes, & fu-
rieufe d'en dépendre, elle s'étoit fait
un art de la diffimulation. Elle vit que
les hommes veulent être trompés &
les traita en conféquence. Née fen-
fuelle plutôt que voluptueufe, l'imagination vive & le cœur froid, elle
avoit cette malignité qui faifit avec
une efpece de joie les défauts d'un
homme. Altiere, impérieufe, elle
fembloit d'un commerce doux & facile. Elle fe dit que dans le monde un
mari étoit de premiere néceffité, & peu
lui importoit que ce fût Izerben ou un
autre. Elle ne faifoit pas plus de cas
des poëtes que de la poéfie. Elle favoit feulèment flatter; elle flatta donc
exceffivement Izerben, pour mieux

l'envelopper dans ſes filets; ce qui le
conſola preſque de la privation d'autres
faveurs. Alors il l'eſtima très-ver-
tueuſe & ſe crut parfaitement aimé.

Azora ſa ſœur étoient bien différente.
Sa beauté étoit ſimple comme ſon eſprit
& ſon cœur. Point de prétentions,
point de jargon, point de fineſſe,
toujours déplacée & inutile dans ſon
ſexe qui a des armes plus ſûres. La nature naïve lui donnoit un charme qui
n'appartient qu'à elle. Elle deſiroit de
toute ſon ame Caritès pour mari, pour
l'aimer à ſon aiſe, car elle ſentit bien
que la vertu gêne beaucoup le cœur.
Elle ſe préparoit courageuſement à
faire des enfans, à les nourrir de ſon
lait, à les élever, à bien ranger ſa
maiſon, idolâtrer ſon époux, à être
heureuſe enfin tout uniment. Caritès
goûtoit tous les charmes que donne
l'eſpoir certain d'un bonheur futur.
Le bonheur eſt dans les yeux de ce
qu'on aime, auſſi Caritès contemploit-

il] sans cesse Azora ; leurs regards se
rencontroient avec cette langueur vo-
luptueuse qui dit : nous nous aimons
& nous souffrons encore ! Assis à ses
côtés, uniquement occupé d'elle, faisant ses plus doux plaisirs des plus légers amusemens qu'il lui procuroit,
Caritès parloit le langage de l'amour &
le ressentoit vivement ; & Azora troublée, combattant son penchant, étoit
tendre & reconnoissante, comme on
l'étoit dans l'âge pur de l'innocence.

Cependant Izerben avoit deux passions, la poésie & Almanzaïde. Occupé
à la fois du soin de se faire un nom,
du soin de plaire à son amante, tout
son tems se trouvoit rempli, Il mur-
muroit souvent contre l'amour, des
momens qu'il enlevoit à sa gloire, &
quelquefois aussi il soupiroit dans la
solitude de ce que le long travail des
vers l'éloignoit des charmes d'Almanzaïde. Il s'agissoit d'être vainqueur sur
la scene & de triompher de la plus

auſtere pudeur qui fut jamais. Izerben
ſe flattoit que s'il ſe courronnoit de
lauriers ſa victoire étoit aſſurée ; comment réſiſter à un poëte triomphant ?
Cependant, en partageant ſon applica-
tion , il riſquoit fort de voir le laurier
& le myrthe lui échapper à la fois.
Quel trouble ! quel embarras ! il ne
pouvoit pas plus renoncer à l'un qu'à
l'autre. Il faudroit être auteur & amant
pour bien concevoir ſes craintes , ſon
eſpoir , ſes vœux , & tous les écarts
de ſon imagination. Il ſe diſoit : Almanzaïde eſt belle , mais la gloire l'eſt
davantage ; il ſe repréſentoit ſon
amante tendre , émue , paſſionnée ,
telle qu'il la deſiroit , ſon cœur pal-
pitoit de joie : mais bientôt les applaudiſſemens du théâtre qui frap-
poient ſon oreille , ce public tranſporté
qui ne parloit que de lui , étoient une
image plus raviſſante encore. Aſſiégé
de deux paſſions contraires , il voloit
d'Almanzaïde à ſon cabinet , il en
ſortoit

fortoit pour revenir à fes pieds. Il fré-
miffoit de la chaîne qu'il portoit , ne
pouvant fe fixer ni près d'elle , ni
dans la retraite , ne goûtant que des
douceurs fugitives , & forcé de re-
gretter toujours le cours rapide des
heures. Il étoit fur le point de faire le
premier pas dans la carriere , & de ce
pas , comme on fait , dépendent tous
les autres. Que d'agitations diverfes !
qu'Izerben étoit malheureux ! que fon
fort différoit de celui de fon frere !

Jamais l'air pur du matin , les rayons
d'un beau jour , n'invitoient vaine-
ment à la joie l'heureux Caritès. Il
connoiffoit la volupté de conduire une
amante fous les ombrages folitaires du
printems; & que fait Izerben ? Il marche à l'écart , il rêve , il compofe , il
n'entend ni le ramage des oifeaux , ni
le murmure des fontaines ; il ne fent
point l'aîle du zéphir , il ne refpire
point le doux parfum des fleurs , il ne
voit point les rofes brillantes & demi-

ouvertes diftiller les pleurs de l'aurore ;
il tourmente fon efprit, au lieu d'ouvrir
fon cœur au plaifir univerfel de la nature. Quelquefois. Caritès , entraîné
par le plaifir , le moment & l'amour,
dompte par un tendre effort une main
mutine , & cueille un doux baifer fur
une joue de rofes qui fe détourne
mollement & avec graces , prémices
du bonheur & peut-être plus touchant
que lui ! Izerben penfif , fombre , re-
tiré dans le fond d'un bois , remanie
un vers défobéiffant , dix fois écrit , dix
fois effacé , dix fois plus mal tourné.
Son vifage s'allonge fous les rides de
la réflexion ; il porte une empreinte
févere qui reffemble à la triftefle , tandis que la volupté embellit de fon vif
coloris le front charmant de Caritès.
Si Izerben revient fe mêler à la compagnie , fa diftraction habituelle re-
pouffe le léger badinage. Il n'eft à rien
de ce que l'on fait ; il parle de vers
lorfqu'on parle de l'hiftoire du jour ;

il exalte une tragédie ancienne , lorfqu'on chante un vaudeville. Il eſt en-
nuyeux avec de l'eſprit, il ne deſcend
point du ton tragique , la gaieté s'en-
vole à ſon aſpect , & un bâillement
ſcientifique ſe communique à la ronde.

Izerben vouloit cependant être aimable , & ſur-tout aux yeux d'Almanzaïde ; elle s'amuſoit de ſes ridicules. Il
louoit ingénieuſement en vers de toute
eſpece & ſes beaux yeux , & ſa bouche
vermeille , & ce ſein adorable que
l'œil ne faiſoit qu'entrevoir ; il célé-
broit juſqu'au petit chien qu'elle bai-
ſoit amoureuſement ; & , je ne ſais
pourquoi , toutes ces louanges, à force
d'être délicates, touchoient peu. Caritès ne diſoit qu'un mot demi étouffé
& qui ſouvent n'avoit aucun ſens,
mais ſes regards & ſur-tout ſon ſilence
alloient droit au cœur.

Le nom d'Izerben commençoit à
percer. Il liſoit volontiers ſes ouvrages, & les liſoit avec beaucoup de

graces. Il avoit l'art d'intéreffer la
vanité de fes auditeurs ; en leur de-
mandant d'un ton foumis des confeils qu'il étoit réfolu de ne pas fuivre.
On rechercha fa compagnie. Ceux qui,
au défaut d'être auteurs, prétendent au
titre de protecteur , l'inviterent avec
empreffement à venir orner la fociété,
des graces de fon efprit. Il parut, demanda humblement audience, & lut
fes vers intariffables. C'étoit le feul
amufement qu'il pût procurer. Le jeu ,
les cartes , la mufique , étoient des
plaifirs étrangers pour lui. Il étoit fatisfait de recueillir un tribut d'éloges ;
on l'en accabla , & il ne dit jamais
c'eft affez. On lui promit les plus
grands fuccès , on l'appella un grand
homme, on l'admira ; mais, le dirai-je !
on ne l'aima point. Son talent, je crois,
humilioit trop celui des autres.

Notre poëte alloit préfenter à la
nation le premier fruit de fes veilles ;
il étoit dans cette incertitude , état

douloureux où l'on craint , où l'on
espere, où l'on ne vit plus enfin , lorsque tout à coup son pere mourut.
Izerben fut très touché de cette mort,
car il avoit le cœur bon & sensible. La
douleur de Caritès fut extrême. Les
deux freres mêlerent leurs larmes &
regretterent le meilleur des peres. La
tristesse d'Izerben le conduisit à une
mélancolie profonde. Il interrompit
ses travaux ordinaires. De sombres réflexions fermenterent dans son sein &
le porterent à composer une élégie où
les vertus de son pere & sa douleur seroient immortalisées ; il acheva ce
poëme touchant qui auroit attendri le
cœur le plus sauvage. Ce poëme étoit
écrit en larmes de sang; on n'y voyoit
que la douleur d'un fils ; & cependant,
ô foiblesse humaine! sur la fin de la
piece le poëte perçoit un peu; il avoit
cédé au plaisir si doux de parler de
soi-même ; il regrettoit que son pere
n'eût pas assez vécu pour emporter au

tombeau la confolation d'avoir été le
témoin du triomphe de fon fils : il
m'auroit pardonné, difoit-il, ce noble
amour de la gloire, il m'auroit lui-
même exhorté à de nouveaux combats, il auroit pleuré de joie, & je
me ferois fenti plus affermi dans
cette difficile carriere. D'ailleurs cette
piece fut regardée comme un chef-
d'œuvre ; & malgré fa profonde affliction, Izerben ne put être tout à fait
infenfible à l'honneur qu'elle lui fit.

CHAPITRE III.

Le drame d'IZERBEN lu, reçu, joué, applaudi, & autre triomphe de cet heureux poëte.

IZERBEN avoit fait une tragédie d'après toutes les regles de l'art ; elle avoit été reçue d'une voix unanime. Il avoit eu l'esprit de trouver grace devant les comédiens, en faisant semblant de les estimer. Persuadé qu'on ne peut s'avilir devant eux, il avoit encensé leur orgueil risible. L'altiere souveraine des foyers avoit daigné se charger du principal rôle gratuitement. Les autres actrices, quoiqu'Izerben fût jeune & bien fait, se montrerent aussi désintéressées ; bref il n'essuya pas les insolences accoutumées que le peuple histrion prodigue au peuple auteur. Il sut ménager à la

B iv

fois fa bourfe, fa fanté & fa gloire, ce qui n'eft pas mal-habile pour un poëte débutant.

Le grand jour, ce jour redoutable approchoit, où un parterre inexorable devoit le juger. Point de milieu, Izerben alloit devenir célebre ou ridicule. On devoit l'applaudir ou rire à fes dépens d'un bout de l'Empire à l'autre. Il ne dormoit plus ; ou fi l'impérieux fommeil fufpendoit un moment fes agitations cruelles, il s'éveilloit bientôt en furfaut croyant entendre le fatal fifflet vengeur du goût. L'image d'Almanzaïde ne régnoit plus fi puiffamment dans fon cœur : s'il tomboit, il renonçoit à elle & au monde. Il auroit donné dix maîtreffes pour l'affurance d'un fuccès ; dans ce feul cas il revoloit aux genoux d'Almanzaïde plus amoureux que jamais ; car il pouvoit s'offrir la tête levée.

Il fit un fonge la veille du jour où l'on devoit jouer fa piece. Izerben fe

crut tranfporté dans ces bofquets toujours verds où jailliffent les eaux d'hypo-
crêne. Il avançoit avec un refpect mêlé
d'effroi dans ces lieux peuplés de lauriers , où fe promenent en filence ces
génies immortels qui femblent encore
méditer des chef-d'œuvres nouveaux.
Curieux & tremblant , il marchoit
d'un pas incertain , étonné de fa propre
audace. Au détour d'une allée cou-
verte en berceaux , il apperçut ce poëte
fublime , interprete des héros. A fon
œil attentif , à fon air romain , à la
fierté de fa démarche il reconnut le
fils aîné de Melpomene (1). Izerben
s'inclina profondément ; en fe relevant il vit à fes côtés un poëte plus
jeune , mais dont la phyfionomie feule
intéreffoit : tout étoit fentiment en
lui ; fon regard , fa voix , fon gefte ,

_____

(1) Le fils aîné de la Melpomene des Arabes
eft plus heureux que le nôtre , car il ne paroît
pas qu'il ait été commenté.

tout refpiroit la tendreffe & les graces ;
il gagnoit les cœurs par un charme invincible. Un peu derriere eux marchoit d'un pas égaré un perfonnage
dont la vue effrayoit, & qu'on regardoit malgré foi. En vain vouloit-on
détourner les yeux de fon œil terrible
& menaçant ; la terreur, la pitié les
ramenoient toujours fur ce même
front fanglant, qui en faifant friffon-
ner, arrachoit des larmes. Izerben, pénétré de cette fainte horreur qui nous
environne auprès des Dieux, pâlit en
les abordant. Sa confcience, il eft vrai,
n'étoit pas bien nette ; elle lui reprochoit plufieurs larcins, quoique fort
adroits, & plufieurs blafphêmes pro-
noncés contre eux à huis clos. Il fit
cependant affez bonne contenance,
quoiqu'interdit. Le poëte fublime le
raffura par un gefte plein de grandeur
& de bonté. Izerben ouvrit la bouche,
dit quelques mots, & infenfiblement
énorgueilli de fe voir écouté par de tels

auditeurs, il les supplia humblement de vouloir bien entendre la lecture de sa piece : le poëte romain fit un signe de tête qui plut infiniment à Izerben. Aussi-tôt il tira avec empressement sa tragédie ; il commençoit la premiere scene , lorsque ce même poëte qui avoit paru si doux , si tendre , fit un sourire si malin , si piquant , si ironi-que , que les cheveux en dressèrent d'effroi à Izerben. Il s'éveilla trempé d'une sueur froide.

L'aurore commence à poindre ; malgré ce songe on jouera sa piece. Le soleil est brillant ; mais hélas ! il est obscurci de nuages pour Izerben. Il ne voit plus les objets , il entend & répond sans comprendre. La terreur le pénetre jusqu'à la moëlle des os. Il tremble d'un excès d'orgueil plutôt que d'un excès de crainte. Izerben ne manquoit pas de fermeté , mais tout son courage cede à l'idée d'une piece sifflée ; il suffoque , son haleine est em-

barraſſée, ſa tête affoiblie, ſes genoux s'entrechoquent, il s'attribue
mille ennemis qu'il n'a pas. Quelle
plume pourroit définir cette angoiſſe
que l'amour paternel darde dans le
cœur d'un poëte débutant ? Il voit
ſon premier né livré à la merci d'un
peuple tumultueux. O public ! ſi
vous êtes humain, comment pou-
vez-vous vous faire un jeu cruel de
ce qui peut porter la mort dans le
ſein d'un auteur trop ſenſible? En
cet inſtant Izerben voudroit n'avoir
jamais écrit ; mais il n'eſt plus tems,
la toile ſe leve, Izerben tremblant
dans ſa loge grillée s'eſt preſque évanoui.

Ce parterre formidable, ce parterre
qui prononce ſi précipitamment, eſt
plus incertain, plus trompeur, plus
perfide que les flots de l'océan. Incon-
cevable dans ſes jugemens, on ne peut
dire ce qu'il eſt ; tantôt d'une indul-
gence qui touche à la ſottiſe, tantô

d'une féverité fi grande qu'on lui fup-
poferoit du génie ; on ne fait fur quoi
compter. Souvent on le croiroit une
affemblée des créanciers de l'auteur ,
& d'autres fois une foule de poëtes
dramatiques qui accueillent leur con-
frere. Ce jour (ce qui mérite une re-
marque particuliere) le parterre fut
impartial. Il eft vrai qu'Izerben s'étoit
comporté avec beaucoup de décence ,
il ne s'étoit pas emparé des cinq cens
billets deftinés au public ; il n'avoit pas
apofté des *épouventailles* aux pou-
mons de Stentor , & avoit encore
moins appuyé fa piece d'un détache-
ment de gardes , fléau des gens de
goût (1). Izerben fut heureux : un ap-
plaudiffement général , plus flatteur
que la plus douce fymphonie , frappoit par intervalle fon oreille. Il fe

_____

(1) En ce tems-là on enlevoit avec beaucoup d'indécence ceux qui difoient que les
mauvaifes pieces ne valoient rien.

ranimoit dans fa loge grillée. La vie,
la joie rentroient dans fon cœur abattu.
O courts inftans ! inftans délicieux,
& pour un poëte fans doute préféra-
bles à tout autre ! vous le dédomma-
geâtes de fes long travaux, de fa patience active, de fes veilles, de la fo-
litude où il s'étoit volontairement ren-
fermé. La pièce fe foutint & finit avec
le même fuccès. Un cri univerfel mille
fois répété demanda l'auteur, il fe fit
traîner fur la fcene & fe préfenta enfin
tout décontenancé & le cœur brûlant
de joie devant un public enchanté,
qui dans fes libres tranfports faifoit
éclater fon plaifir, fa reconnoiffance
& fon admiration. En ce moment,
Izerben, étourdi de tant d'honneurs,
fe crut intérieurement le premier
poëte Arabe. Jamais Alexandre, dans
la premiere victoire qui couronna fon
jeune courage, ne fut fi content; jamais l'amoureux Antoine, dans les
bras de la belle Cléopatre, ne reffentit

tant d'ivreſſe. Mais, ô revers! bientôt comme accablé du fardeau de ſa
gloire, trop foible pour un tel raviſſe-
ment, il chancelle, ſes yeux ſe fer-
ment à la clarté des bougies, il ſuc-
combe, il tombe ſans connoiſſance
entre les bras des ſuivantes déſolées
de Melpomene. Un bruit ſe répand
dans la ſalle, il meurt, il expire.
Auſſi-tôt tout le monde accourt. Trente
flacons de cryſtal étincelent à l'envi :
mais la main d'une Ducheſſe, jalouſe
de protéger les beaux arts, fut celle
qui inonda d'eaux ſpiritueuſes ce front
pâle, ce front auguſte, ſiége de tant
de nobles penſées. Et cependant un
cercle de femmes enluminées de rouge
& brillantes de diamans, entouroient
ce grand homme étendu preſque ſur
le champ de bataille & s'écrioient enfemble : quelle ſenſibilité dans ce
jeune auteur ! quel préſage fortuné
pour les lettres !

Mais il revient, il reprend ſes ſens ;

fi fes efprits l'avoient abandonné , fon
oreille n'avoit pas perdu un mot de
tout ce qui s'étoit dit autour de lui ; il
falua les Dames d'un œil affez animé,
les remercia de leurs foins avec une
effufion abondante de fentiment. Almanzaïde , dans l'éclat de tous fes
charmes, frappa alors fon imagination , & l'on dit que dans l'enthoufiafme de fon triomphe , encore tout
couvert de la noble pouffiere que les
applaudiffemens avoient foulevée,
vainqueur & parfumé, il fe déroba
aux louanges qui fondoient fur lui de
toute part , vola chez Almanzaïde ,
dépofa à fes pieds fa couronne de lauriers , & qu'animé du triple délire de
la gloire , de l'amour & de la poéfie,
il devint doublement heureux , foit
que le bonheur qui lui en vouloit ce
jour-là lui eût fait faifir cet inftant favorable qui naît & fuit comme l'éclair,
foit que tout rayonnant de fon triomphe , rien ne rende en effet un mortel

plus beau, plus aimable, plus sédui-
sant, que le laurier immortel de la
gloire.

CHAPITRE IV.

Auteurs soulevés contre le succès info-
lent d'IZERBEN. IZERBEN reçu
dans le grand monde. Il fait un
roman.

QUEL beau jour que le réveil du lendemain, après deux triomphes pareils !
Izerben, moins agité que la nuit pré-
sédente, s'étoit livré à un sommeil
délicieux, interrompu seulement par
des images agréables. Il rêva qu'il devoit remplacer & même effacer ce
Racine caustique qui se ressembloit
toujours, & que la postérité le jugeroit
bien moins efféminé & sur-tout plus
tragique. Il rêva encore qu'Almanzaïde étoit folle de lui parce qu'il étoit

un grand génie. Il s'éveilla très satisfait. La gloire lui parut cent fois plus
ravissante que l'idée même qu'il s'en
étoit formée ; c'est à elle qu'il devoit
le bonheur d'un amant. Ennivré du
plaisir de l'orgueil, la joie multiplioit
son ame ; il étoit devenu léger, vif,
charmant. Couvert de gloire, Izerben
étoit dans son élément. Il ne change-
roit point son sort contre celui des
Rois. Dans ce transport sacré, on le vit
prendre un Homere, & posant la main
sur ce livre antique toujours lu & admiré, jurer par ce prince des poëtes
de demeurer fidele aux Muses ; il leur
voua par un serment solemnel tous
les instans de sa vie. Il baisa tendrement Euripide, Sophocle, Pindare,
les appellant ses chers & vrais amis,
les pressant contre son sein, comme
pour respirer la flamme de leurs écrits.
Il fit cent autres folies qu'on peut imaginer & qu'on peut pardonner à l'enthousiasme poétique.

Il fort ; il prend un air compofé ;
il croit modeftement que tous les regards vont tomber fur lui , qu'il en-
tendra fon nom fortir de toutes les
bouches : mais quel fut fon étonnement de traverfer la ville fans que
perfonne fongeât à lui ! Il regardoit du
coin de l'œil fi on le regardoit ; on le
laiffoit paffer tout comme un autre.
Surpris, il entra dans un jardin public,
où il y avoit beaucoup de monde. Il
eut d'abord une certaine honte de fe
promener au milieu ; dans la crainte
d'être trop remarqué, il prit une contre-
allée & s'y promena une heure entiere
fans attirer un feul regard : enfin il ne
balança plus à fe mêler parmi la foule
brillante ; il y refta long-tems impu-
nément , lorfqu'après bien des tours,
de deux jeunes étourdis qui portoient
la tête au vent, l'un dit à l'autre à voix
haute : *ma foi, je crois que c'eft là Izerben,*
& auffi-tôt ils couperent leur marche &
s'attacherent à fes pas pour contem-

pler à leur aife la figure d'un poëte.
Pendant ce tems ces jeunes gens
parloient en toute liberté de fon ouvrage & de fa perfonne ; ils rioient &
le fixoient avec une familiarité que
n'auroit point foufferte un autre homme ; mais Izerben n'avoit rien à dire,
tel étoit le partage de fa célébrité.

Mais cependant dans tous les bureaux
d'efprit le beau monde oifif ne parle
que d'Izerben. Les uns le louent avec fureur, les autres le blâment de même.
Les femmes trouvent qu'il n'a pas affez
mis d'amour dans fa piece ; les cour-
tifans que le mot chimérique d'humanité revient trop fouvent. On déterre
fa naiffance, fes mœurs, fa conduite.
Quelqu'un prétend qu'il eft noble ; on
prétend que non, puifqu'il fait des vers.
O Izerben ! tu ne pourras plus vivre
inconnu. Homme public, un public
inconftant & malicieux va juger tes
moindres démarches ! On fait déja
courir fur lui mille bruits impertinens

& que les fots & les méchans, avides de nuire, recueillent fans les croire. Il a des ennemis à jamais implacables. Vingt auteurs déchirent avec un acharnement infenfé une piece qu'ils voudroient avoir faite. Ils prétendent qu'Izerben a plutôt été applaudi par de jeunes gens féduits par un faux clinquant, que par les vrais connoiffeurs des regles de l'art. Ils difent que le même Izerben a flatté le mauvais goût du peuple par des coups de théâtre forcés, par des incidens romanefques, par un ftyle bourfoufflé, & qu'on fera toujours fûr de fon fuffrage lorfqu'on s'abaiffera à ne rien donner au deffus de fa portée. Ils ajoutent qu'un pareil fuccès eft la honte du public, la marque infaillible de la décadence des arts : mais ceux qui lui faifoient ce reproche étoient poëtes, & l'on fait qu'on n'ofera jamais attendre d'eux un jugement impartial, perfonne ne raifonnant plus mal de la poéfie qu'un poëte.

Qui le croiroit! tandis que le peuple auteur eſt ſoulevé, on vit les critiques de profeſſion s'adoucir en ſa faveur ſans qu'il leur eût fait ſa cour. Ils n'appeſantirent point leur maſſue pétrifique ſur un jeune poëte qui donnoit de ſi belles eſpérances, & le judicieux Izerben trouva que puiſqu'ils ne diſoient point de mal de ſes ouvrages, ils étoient forts utiles à la littérature pour châtier ces nouveaux intrus qui vouloient inſolemment partager la gloire due aux anciens.

Après le ſuccès éclatant de ſa tragédie, qui eut autant de repréſentations que Timocrate, un grand protégea ouvertement notre poëte & l'introduiſit dans le grand monde. On lui ſourit avec bonté, & Izerben ne ſoupçonna point le danger de ces perfides careſſes. Aſſis aux tables les plus délicates, admis auprès des femmes les plus charmantes, il les chante chaque aurore, fait leur réputation d'eſprit &

en reçoit celle d'homme aimable. Il
dit je ne fais combien de bons mots,
enfans du champagne, qui courent &
qui lui font beaucoup plus d'honneur
que fa tragédie. Un jour même qu'il
s'égayoit on lui fit avouer qu'elle étoit
ennuyeufe ; il en parut plus charmant. Izerben, non content d'être un
Sophocle, voulut être un Anacréon ;
il toucha donc ce luth défaccordé depuis ce joyeux vieillard qui couronnoit
de rofes fes cheveux blancs; il le toucha affez bien pour une main accoutumée au poignard fanglant de Melpomene : mais quelque chofe troubla
fa joie dans ce tourbillon de plaifirs
& de vanité; il eut occafion de connoître ces Seigneurs fi bons, fi affa-
bles, fi amis des talens. Leur maxime
favorite étoit que tous les gens d'efprit étoient des fots de n'avoir point
un équipage, un cuifinier, & de
groffes dettes. Izerben obtint la confiance de quelques-uns d'entre eux.

Après bien des myfteres ils lui lurent leurs vers, auffi libres, auffi dégagés d'entraves que leur conduite. Quel tourment ! il fe vit forcé de les applaudir lorfque le rire le fuffoquoit : mais il vit ces mêmes Seigneurs, enorgueillis de leurs prétendus talens, joindre la fierté d'auteur à celle de leur rang, & lui donnant d'un ton de fupériorité des confeils & même des préceptes, lui prédire des chûtes honteufes s'il s'écartoit un inftant des regles qu'ils daignoient lui prefcrire.

La fociété des femmes pouvoit feule le dédommager de fcenes auffi défagréables. Belles, fpirituelles & d'autant plus aimables, elles tenoient à leur toilette une affemblée de beaux efprits. Heureux qui y étoit admis ! on y voyoit l'efprit naïf fans prétention, les graces fans coquetterie, le defir le plus ingénu de s'amufer & de rire, d'appeller le plaifir & de lui tendre les bras. Toutes les brochures du jour étoient

étoient difcutées à ce tribunal aimable.
On ne faifoit grace ni à la fcience , ni
à l'érudition , & on accueilloit avec
tranfport tout ce qui étoit fentiment ,
efprit ou délicateffe , fans demander
aux triftes regles fi on avoit raifon ou
non d'avoir du plaifir. Les petites brochures d'Izerben , formées fur le ton
de ces aimables déeffes , eurent une
vogue étonnante. Le ton badin qu'elles
employoient cachoit quelquefois de la
profondeur. Tous les talens étoient
raffemblés fans jaloufie & fans leur
froide dignité. Là un géometre , fans
rougir , tailloit des papillotes dans
une forme parfaitement triangulaire.
Tout cede à la beauté. Un abbé phy-
ficien nétoyoit les diamans qui , fous
les doigts , brilloient d'un nouvel
éclat. Un peintre déja fameux broyoit
le carmin , & Izerben mettoit des de-
ifes ingénieufes fur tous les vafes
tranfparens où la beauté puife encore
des attraits nouveaux. C'étoit lui auffi

C

qui narroit les aventures littéraires,
les démêlés des auteurs, & il s'en ac-
quittoit fort bien, c'eft-à-dire, mali-
cieufement, peignant fes camarades
d'après nature : mais un petit-maître
en revanche, qui d'ailleurs n'avoit
pas le fens commun, racontoit les
aventures galantes avec une légé-
reté, une fineffe, un ftyle pittoref-
que fait pour défefpérer Izerben & le
plus parfait romancier du fiecle.

Izerben, défefpéré qu'on l'effaçât
de ce côté, eut l'ambition de faire un
roman pour prouver auffi un efprit
léger. Quelques femmes qui l'avoient
vu évanoui d'un coup de fentiment
en plein foyer, furent curieufes de
favoir ce qu'il deviendroit dans une
autre ivreffe. Izerben de fon côté
avoit fes vues. Il tenta plufieurs con-
quêtes que, malgré fa vanité, il ne
mit pas fur le compte de fon mérite.
Alors au fein du bonheur, il avoit la
finguliere manie de vouloir connoître

tous ceux qui l'avoient précédé dans
cette charmante carriere. C'étoit autant de portraits, d'anecdotes piquantes dont il avoit befoin pour en-
richir fon roman. Il exigeoit cette
derniere faveur avec un empreffement
fi vif, fi éloquent, qu'il comptoit
pour rien tout le refte. Les femmes,
encore plus adroites que les hommes
ne font ingénieux, favent tirer avantage même d'un pareil aveu. Après
bien des réfiftances, pour être preffées
davantage, elles nommerent deux ou
trois hommes qu'elles n'avoient jamais
eus, & nierent ceux qu'elles avoient
eus effectivement. Elles firent donc
des hiftoires excellentes ; elles créerent
des incidens inouis, des rencontres
miraculeufes qui enchantoient le cré-
dule Izerben. A ces traits faillans il
s'enflammoit, fongeant au prix dont
feroit un jour fon roman. Il penfoit
poffeder à fond l'hiftoire de la ville
& de la Cour. Le matin il écrivoit

fur fes tablettes jufqu'au moindre mot. Il accabloit de tendres baifers la bouche éloquente & divine qui lui révéloit de fi charmans myfteres, car c'étoit elle qui devoit lui faire la plus jolie réputation du monde.

Enfin parut le roman qui, felon fon auteur, devoit étonner, comme fi le foleil paroiffoit tout à coup au milieu de la nuit. On le lut, perfonne n'y comprit, n'y reconnut, n'y devina rien. Plufieurs élégans qui étoient du fecret rirent aux larmes, & répandirent la bonne foi de notre poëte. Izerben, ftupéfait, jura de ne plus croire les femmes dans l'inftant même où elles font ordinairement le plus franches.

CHAPITRE V.

Izerben immortalise Almanzaide, s'arrache du monde, s'enterre dans son cabinet, & publie bientôt un mê-lange de vers & de profe.

Izerben, trompé comme un fot, rougit de l'avoir été, comme fi les ar-tifices d'une femme n'enveloppoient pas dans fes filets le plus habile. Pour effacer ce ridicule il voulut donner du vrai au public. Enivré des voluptueufes careffes d'Almanzaïde (qui lui faifoit payer tous les pénibles momens de fa défunte fageffe) il fe fouvint que le doux Catulle avoit célébré les doux baifers de la tendre Lesbie , que le brillant Ovide avoit peint les attraits cachés de fa Corine ; il ne voulut pas, à leur exemple , laiffer ignorer à la poftérité qu'il s'étoit auffi couronné de

myrthes. Cette victoire , que selon son
aveu il n'attendoit plus , fut , après le
succès de sa piece , ce qui flatta le plus
son orgueil. Il fit une piece de vers où
sans indiscrétion, à ce qu'il crut, & sous
un nom supposé que tout le monde
devina , il peignit en traits de flamme
le moment de cette douce victoire.
Il n'oublia rien , ni la résistance préli-
minaire de la belle Almanzaïde , ni
ses charmes dévoilés par une main impatiente , ni ses larmes enflammées
qui redoubloient ses transports , ni sa
sévérité lasse & mourante dans le sein
des plaisirs ; sa voix fugitive , le murmure de ses soupirs , ces pleurs que le
plaisir fait répandre , l'emportement
de ses caresses , & l'extase de la volupté qui embrasoit leurs cœurs unis &
serrés l'un contre l'autre ; tout étoit
exprimé avec feu ; jusqu'à cet abattement si doux qui anéantit nos sens
fatigués de plaisirs , cette langueur dé-
licieuse , plus touchante que l'ivresse

même, véritable jouiffance de l'amour, où l'ame, dans le repos des Dieux d'Epicure, contemple à loifir fon bonheur. Cet ouvrage étoit plutôt celui d'un amant que celui d'un poëte. Le public lut avidement cette piece. Elle porta le feu de l'amour dans les veines de plus d'une jeune beauté, impatiente d'éprouver ce que le poëte exaltoit avec tant de chaleur. Plus d'un amant dut fon triomphe aux vers enflammés d'Izerben. Il eft vrai qu'il avoit donné à la belle Almanzaïde dix fois plus de tendreffe qu'elle n'en avoit eue ; mais il l'avoit vu telle, & fes plaifirs qui fembloient exagérés ne l'étoient pas, car un poëte fent la volupté plus vivement que les autres hommes.

Mais tout à coup quel revers pour la renommée d'Izerben ! Tandis qu'il repofe dans les bras de la molleffe, que parmi les grands il oublie une gloire nouvelle, tandis qu'il dépenfe fon efprit en petits vers, un de fes rivaux a profité de son indolence pour attirer l'œil du public. On repréfente fur le théâtre de la nation une tragédie nouvelle , & dès-lors on oublie celle d'Izerben. Le fuccès de la nouvelle furpaffe cent fois celui de l'ancienne. Ce n'eft plus un triomphe , c'eft une apothéofe. A chaque vers la voûte de la falle eft ébranlée, & les gens pacifiques craignent fa ruine ; enfin c'eft une fureur patriotique digne de la nation. La gloire de l'auteur éclipfe la gloire de tous les poëtes enfemble. Tous rentrent pour un moment dans l'obfcurité ; lui feul applaudi & radieux fixe les yeux de la Cour & de la ville ; c'eft le poëte chéri , c'eft-à-dire, celui des circonftances. C'eft le nuage qui tout à coup frappé des rayons du foleil paroît un nuage d'or & d'azur. Izerben fait bien que l'aftre doit fe coucher , mais il n'en eft pas moins chagrin ; il gémit fur un public qui ne fait pas ménager fes applaudiffemens felon le

degré des talens, qui ayant en main
de quoi former de grands hommes,
les méconnoît, ou les confond avec
d'indignes rivaux, & qui prodigue le
lendemain à un faiseur d'opéra co-
miques les honneurs qui ne sembloient
destinés qu'aux heureux successeurs des
Sophocles & des Euripides.

Izerben rougit des honneurs qu'on
lui a rendus (1). Il fuit un monde vain
qui ne fait que distraire, & s'enferme
dans une profonde retraite. L'aiguillon d'une gloire plus grande, plus
vaste, plus solide, l'arrache à la mollesse. Il disoit en lui-même : travail-
lons pour les effacer tous, écrasons les
trophées de mes adversaires, ils les
ont usurpés, ils n'ont été qu'adroits :
qu'une nouvelle victoire dévoile leur
foiblesse ! qu'un jour plus éclatant
éclaire leur chûte honteuse ! Tout
cede à un travail opiniâtre ; la gloire,
mon siecle, la postérité m'appellent.

(1) Il est plus d'un poëte dans ce cas.

Quels objets pour foutenir mon courage , pour vaincre à force d'art , pour
enlever la couronne aux yeux de mes
rivaux furpris ! Ainfi l'ambitieux Izerben ne vivoit pas dans le printems de
fa jeuneffe ; toujours hors de lui il fe
tranfportoit dans ce tems futur où fa
gloire devoit être univerfelle. Tous
les ouvrages qu'il comptoit donner un
jour , déja conçus dans fa tête , acca-
bloient par leur nombre fon imagination ; il méditoit des pieces dans tous
les périodes de fa vie , & jufques dans
l'âge le plus avancé. Sur les bords
même du tombeau il ne fe croyoit pas
encore difpenfé d'inftruire & d'amufer
le monde.

Tandis que les fumées de la gloire
avoient troublé fon cerveau , & que
fe voyant fêté dans un tourbillon de
gens qui s'amufent de tout , il s'étoit
cru l'homme du jour ; Izerben avoit
oublié l'exiftence de fon frere Caritès.
Il eft vrai qu'il n'aimoit pas beaucoup

les vers, & préféroit une bonne profe
qui couloit naïvement à fon oreille :
mais cependant il fut très-charmé du
faccès d'Izerben & trop fage auffi pour
envier cet éclat fugitif. Il vivoit auprès d'Azora, & trouvoit avec elle
affez de plaifirs pour remplir fon ame
toute entiere. Lorfqu'il revit fon frere
ce fut avec une joie extrême ; il le
félicita, l'embraffa en pleurant, & lui
épargna le moindre reproche. Izerben
ému fentit fa confcience le gronder
d'avoir négligé un frere fi tendre. Il
lui promit de le conduire à toutes les
premieres repréfentations de fes pieces,
& de le fréquenter dorénavant au plus
fort de fon faccès, d'abandonner
enfin la table des grands pour la
fienne. Son frere lui fouhaita tout ce
qui pouvoit flatter fon ame, & n'exigea
rien de lui que fon amitié.

Voilà qu'Izerben ne connoît plus
le repos. Le forçat enchaîné à fon
banc & attaché à fa rame, fe fatigue

avec plus de relâche. Il s'expofe à ter-
nir par un ouvrage moins heureux ,
quoique peut - être méilleur , cette
gloire qui lui a tant coûté. Il redevient
fombre , rêveur , mélancolique. S'il
fe livre un inftant à la fociété , il maudit mille fois fon imagination diftraite
qui, occupée d'objets étrangers , oublie les objets préfens. Quelle eft la
force de la trifte habitude de réfléchir !
Izerben eft diftrait au milieu de
femmes charmantes auxquelles il eft
cher. Il rougit des contre-fens qui lui
échappent. On le croiroit un fot s'il
n'étoit pas un auteur (1). On le vit
plus que jamais avare de fon tems , fe
dérober aux plaifirs qui l'invitoient de
toute part. A peine facrifia-t-il quelques jours pour accomplir fon mariage avec Almanzaïde. Il y avoit
long-tems que Caritès étoit pere.

Après deux ans de retraite affidue ;

_____

(1) On peut être fans miracle l'un & l'autre.

Izerben donna au public un recueil de vers & de profe , où l'on admira nombre de penfées fortes & grandes. L'énergie formoit le caractere particulier de notre poëte. On reconnut dans fes écrits l'empreinte d'une ame indépendante , éloignée de la plus légere flatterie, qui par une noble fierté méprifoit la fortune , & qui par deffus tout amoureufe de la gloire, dédaignoit tout efclavage , & comptoit pour premier bien la liberté, l'honneur & la vertu.

Il me prend envie ici de traduire une de fes differtations. Je n'aurai point l'audace de faire une traduction qui ne foit extrêmement fcrupuleufe.

CHAPITRE VI.*

Differtation du poëte IZERBEN fur la poéfie, les poëtes, l'art dramatique & la vénération due aux auteurs tragiques.

C'EST du Ciel que la flamme du génie defcend dans le fein d'un mortel; c'eft de cette fource divine qu'il reçoit une ame fenfible, forte & active. L'ame d'un poëte eft le chef-d'œuvre de la nature; elle renferme en elle les fources vivantes du fublime & du beau; elle réunit par excellence le fentiment prompt, l'élévation, l'énergie; elle porte ce caractere ardent & inaltérable qui fait que tout poëte fe reffemble, foit qu'il naiffe dans les glaces du nord, foit qu'il ait pris naiffance fous les feux du midi. Qui eft-ce qui fent la nature, fource de

toute vérité ? C'eſt le poëte ! Il la ſent
avec tranſport , il la voit dans ſes
effets , il la chante avec enthouſiaſme.
Eh ! comment peut-on comparer quelqu'autre art à celui de la poéſie , à cet
art ſublime qui peint & qui anime
tout ? Que les autres ſont froids &
languiſſans ! La poéſie brillante , fé-
conde , intariſſable , embraſſe à la
fois l'univers réel & le monde poſſi-
ble , la connoiſſance profonde du
cœur de l'homme , ſes paſſions extrêmes , ſes vices , ſes vertus , tous les
mouvemens , tous les reſſorts , toutes
les fibres de ſon ame : que de qualités
pour être poëte ! Il faut avoir une ame
paſſionnée , & cependant accoutumée
à réfléchir ; une ame tour à tour violente & tranquille , extrême par tem-
pérament , ſage par raiſonnement ;
il faut à cette faculté rare , qui produit
des penſées vaſtes , unir ce génie qui
les modifie , & poſſéder cet œil qui,
élevé ſur toute la nature , moiſſonne

rapidement ſes images. De-là naît cet
eſſor heureux, ennemi de l'art & de
la contrainte ; de-là ce mépris des
petites idées qui ne ſont que légeres
ou frivoles. Le poëte impatient d'être
libre, rejettant les liens qui le gê-
nent, animé par les obſtacles, fier
même de ſon audace, ſe reconnoîtra
à la fierté de ſon vol. Il tendra d'a-
bord au grand, c'eſt-à-dire, au vrai
qui intéreſſe l'homme, au ſublime
qui éleve ſon ame, au pathétique qui
remue ſon cœur. Il peindra les objets
ſous les couleurs propres, parce qu'il
ſera fortement ému. C'eſt pour lui que
ſont faits, le ſpectacle des villes, &
la ſolitude des campagnes, les mar-
bres qui reſpirent & les cabanes que
couvre le chaume, les temples des
Dieux, leurs ſuperbes colonnes & les
triſtes foyers de la vertueuſe indigence, le tumulte brillant d'un peuple
oiſif & les travaux du cultivateur
courbé ſous le poids du jour, les con-

certs de l'opulence fous les toits dorés
& les troupeaux qui mugiffent dans de
vaftes plaines. Il embraffera ces con-
traftes divers , & fon ame fenfible fera
tour à tour attendrie ou indignée.
Attentif à toutes les impreffions , il
jouira de l'ombre des bois , des mar-
bres fculptés ; il en jouira plus que
leur fier poffeffeur ; il méditera les
charmes de l'ordre éternel qui roule
invifiblement fur fa tête ; il mêlera fa
voix au bruit des vents , au mugiffe-
ment des torrens ; il traverfera les
cieux avec la foudre qui les embrafe
& les déchire ; & s'il eft attrifté du
deuil & du bouleverfement de la nature , c'eft lui qui fe réjouira au moment où le foleil fortant de deffous un
épais nuage , ramenera la lumiere , la
férénité & la joie fur un vafte payfage
encore trempé des eaux de l'orage.

Mais le cœur du poëte n'en fera pas
moins l'arène de toutes les paffions ; il
en aura le germe & il le déploiera à

fon gré, car l'art de peindre n'eft que
celui de fentir. Il n'aura peut-être auffi
d'autre caractere que cette activité
qui tout à coup s'enflamme, & cette
raifon qui foudain s'appaife. L'objet
qui ne frappe pas le vulgaire embra-
fera le poëte, comme la foudre en
traverfant les airs embrafe la cime
touffue d'un chêne & refpecte l'hum-
ble rofeau ; l'enthoufiafme s'emparera
facilement de fon ame, non ce tranfport frénétique qui brouille les images,
mais ce flambeau rapide qui découvre
une multitude infinie de combinai-
fons à l'œil du génie qui les compare
& les juge. C'eft cet enthoufiafme qui
frappe le tableau , c'eft lui qui donne
la vie à tous les chef-d'œuvres des
arts ; foit que le poëte, le cœur plein
d'amour , ramaffe des rofes pour en
faire un lit à la jeune beauté qui l'a
féduit , foit qu'implacable dans fa
vengeance, il enfonce le poignard dans
le fein d'un tyran détefté ; ce fera

toujours ce coup-d'œil supérieur &
juste qui ordonnera ses images selon
le degré de chaleur qu'il aura dans
l'ame.

Si donc la poésie est de tous les
arts le plus brillant, le plus animé,
on peut dire que la tragédie est le plus
attachant de tous les genres. C'est
ici que par excellence la poésie est
noble, utile, majestueuse ; sa voix
rappelle l'honneur antique & tire de
l'oubli les actions consacrées dans les
fastes de l'histoire. O génie de l'ancienne Grece trop dédaigné ! il faut
suivre ta trace pour trouver les traces
sacrées de la nature. Divin Homere,
qui peins à la fois & l'homme & le
héros, embrase-moi de tes feux,
montre-nous tes palmes, tes lauriers
immortels ! O lyre divine, touchée
par des mains plus heureuses ! vous
étiez parmi les hommes ce que le feu
de Prométhée fut à l'argile animée.
Et toi qui nous représentes un héros,

vertueux, écrafé fous le poids de l'infortune, par quel art rends-tu à mon
oreille alarmée l'accent de la douleur?
Je le vois fe rouler à l'entrée de fa ca-
verne, j'entends les cris de fon défefpoir, je lis fa fiere indignation, je
reconnois le héros fous les lambeaux
enfanglantés qui le couvrent ! O toi
qui fus fon rival, que tes couleurs
font touchantes ! que ton Alcefte en-
vironnée de fes tendres enfans qui
pleurent fufpendus à la robe mater-
nelle, que fes regrets, que fon héroïfme étonnent & attendriffent mon
cœur ! Poëtes chéris, ô mes véritables
maîtres ! je ne cefferai de vous lire; je
ferai orgueilleux de vous admirer &
ce fera là ma gloire !

Le poëte dramatique eft utile aux
hommes, il les ramene à la nature
dont ils s'écartent fans ceffe. Les injuftes prétentions de la force font dé-
voilées & combattues par la fupériorité de la vertu, toute opprimée

qu'elle eft. Le voile de l'ufage & des
tems difparoît ; tous les droits de
l'humanité font foutenus & triom-
phent par leur vérité & par le charme
de l'éloquence. C'eft dans la tragédie
que l'ame fenfible de l'homme eft
mife comme à découvert ; la nature
y parle fa langue énergique , on y
voit toute la force des paffions , & ce
cours vivant de morale nous apprend
à connoître l'homme , à le plaindre ,
& non à le calomnier.

Que dirai-je de ces larmes ameres
que la compaffion fait verfer ! Elles
ont quelque chofe de délicieux ; fans
cette émotion falutaire l'ame perdroit
le reffort précieux de la pitié. O bel
art qui foumets les accens de la nature
à l'ordre du génie ! quels tableaux variés tes perfonnages nous préfentent !
Ici je lis dans les replis affreux des
cœurs de tyrans , & j'apprends à dé-
tefter l'injuftice & à abhorrer l'efclavage. Là j'admire la tranquille férénité

du fage qui boit la mort fans pâlir,
& je me trouve convaincu qu'une vie
innocente efface les horreurs de ce
pénible paffage : tour à tour je m'irrite
& je m'attendris ; je fuis dans une agitation perpétuelle, fource de mille vo-
luptés. Satisfait de la fenfibilité de mon
cœur, je jouis du plaifir de me trouver
jufte & bon ; & dans l'inftant même
où la main de la terreur fait dreffer
mes cheveux, la pitié, la douce pitié
remue délicieufement mon ame. Cet
art divin feme dans les cœurs des
germes de vertus qui y reftent d'abord
oififs & tranquilles ; ils y font fecrete-
ment, jufqu'à ce qu'il fe préfente
une occafion qui les faffe éclore ; alors
on fe fent porté au bien par mille
exemples généreux ; on aime l'humanité parce que le cœur a été ému &
que l'efprit s'eft éclairé fur fes devoirs.
Il eft encore une leçon plus importante
que donne la tragédie ; les hommes,
toujours prompts à murmurer, y ap-

prennent, en voyant tant d'autres infortunés, à se reconcilier avec les malheurs de la vie ; le sentiment de la commisération, pere de nos vertus, s'exerce & se fortifie ; en s'attendrissant sur les autres on ne s'arroge plus le droit insensé d'être exempts des maux qui poursuivent nos semblables.

Quel spectacle ! tout le monde fond en larmes, tout pleure jusqu'au méchant, & le remord assoupi se réveille dans son cœur de pierre ; il détourne les yeux, il fuit, ou il forme le projet d'être meilleur ; l'homme de bien, en voyant la vertu souffrir, a plus d'attachement pour elle & plus de mépris pour cette vie passagere ; l'homme de bien pleure aussi & n'essuie pas ses larmes, & l'homme de génie est récompensé de ses veilles.

Je dis plus : si le crime triomphe sur la scene le but moral n'est pas même affoibli. Lorsque l'on voit l'affreux Atrée jouissant de son crime ; alors le cri de l'indignation tonne au fond des cœurs, on arracheroit la foudre des mains de Jupiter pour frapper cette tête impie ; mais du moins l'horreur qu'il cause, devient la vengeance de notre fureur impuissante. Un scélérat profond devenu grand, monté sur le marche-pied du fanatisme, porte la main du fils dans les flancs d'un pere malheureux, attise les feux de l'inceste, fait frémir la nature, se joue du Ciel, brave le tonnerre ; mais peut-il dompter la voix terrible de ses remords, & son génie même n'est-il pas abattu, écrasé, avili à ses propres yeux ?

Que seront donc les pieces où la vertu brille dans tout son éclat! L'une nous apprend que ce n'est point un malheur de mourir dès que l'on meurt pour son pays ; l'autre nous expose la juste haine que l'homme libre a pour la tyrannie ; ici l'on voit la fidélité que le sujet heureux doit à son Roi ;

là,

là, c'eft Brutus qui leve fon poignard enfanglanté au milieu d'une foule de citoyens; ils balançoient entre la liberté & l'efclavage, Brutus a décidé; Cefar eft étendu fur la pouffiere, Rome eft libre. Peut-être fans cet art qui nous montre tous les droits de l'homme, des ames vénales infulteroient au citoyen généreux, & forceroient fa bouche à fourire lorfqu'on l'opprime. Qui peut mieux convaincre le cœur de l'homme que l'art du théâtre? La raifon eft lente, incertaine, le fentiment eft prompt & fûr; l'une parle, l'autre fubjugue; la raifon demande des lumieres, du tems, des difcuffions; le fentiment frappe également d'un coup rapide le cœur du ruftre & de l'homme inftruit; & ce dernier langage eft le feul peut-être qui convienne à la multitude.

Quel miférable fophifte pour le plaifir malin de condamner nos plus nobles plaifirs, & par impuiffance de

nous en donner de femblables , attaque l'art du théâtre ! Comment ne
voit-il pas qu'il s'éleve contre le genre
d'inftruction le plus frappant ? Il a fans
ceffe à la bouche les mots de mœurs ,
de vertu ; veut-il anéantir les paffions
ou les régler ? S'il veut les anéantir ,
qu'il confpire contre la nature ; s'il
veut les régler , qu'il me dife fi la
peinture des maux qui fuivent une
paffion fatale n'eft pas une leçon terrible & falutaire. O vertu ! le poëte
infulta-t-il jamais à ton image facrée ?
Tout perfonnage odieux n'excite-t-il
pas la haine fous fon pinceau vigoureux ? Eft-il un méchant qu'on chériffe ,
qu'on excufe ? Que le frondeur m'in-
dique quelque langage qui parle plus
fortement , & qui démontre mieux
la néceffité de l'ordre moral. L'amour,
cette paffion fi chere , peinte fous les
traits effrayans où elle s'abandonne
quelquefois, nous dévoile le précipice
que cache l'attrait du plaifir. La tra-

...gédie nous met en garde contre une passion dont l'excès dégrade l'homme ; alors on tremble, on frémit de l'ennemi invisible & secret qu'on porte dans son sein ; on sent que, comme ces coursiers fougueux qui entraînent leur fier conducteur, cette passion doit être assujettie au frein des loix & au joug du devoir. Lorsqu'elle brise ces liens sacrés, on la voit sur les pas du désespoir & de la fureur se précipiter dans l'abysme, & cet exemple funeste nous fait veiller avec soin sur les mouvemens de notre cœur.

Melpomene désolée cherche un éleve digne d'elle & qui puisse conserver à la scene cette supériorité reconnue des autres nations. L'esprit est généralement répandu : mais le génie s'est envolé de nos climats. Ils semblent mutuellement s'exclure. Les esprits trop amoureux de la plaisante..., légers, superficiels, aiment à voltiger sur des objets frivoles, contens quand ils ont immolé l'héroïque au badinage. Saifir quelques ridicules, faire des épigrammes, des jeux de mots, produire des faillies, voilà le cercle où le monde s'amufe & d'où il ne fort pas ; comme un enfant plein de gaieté joue entre les deux limites faites pour la foibleffe de fon âge. Comment s'éleveroit-il un génie férieux parmi des efprits toujours prêts à éclater de rire ? Ils font trop intéreffés à l'étouffer dans fon berceau, parce que bientôt ils ne feroient plus devant lui que comme ces moucherons que dévore le roi des airs.

Des auteurs naiffans ont donné des efpérances, mais elles ont été trompées. Le théâtre eft un trône gliffant où aucun d'eux n'a pu s'établir ; ils ont paru un inftant & ils font retombés, foit qu'ils aient été trop impatiens de fe remontrer, foit que le public n'accorde qu'avec réflexion un fecond fuccès, foit que plutôt ils aient trop préfumé de leur force , en regardant quelques applaudiffemens comme un fignal affuré de marcher fur les traces de leurs redoutables prédéceffeurs.

Avouons auffi que la couronne eft plus difficile que jamais , parce que la foule des prétendans & par conféquent des envieux augmente chaque jour. Que celui donc qui fe fent affez de courage pour braver l'envie qu'il faut faire pleurer malgré elle, fonde fon ame & voie s'il y trouve ce degré d'éner- gie néceffaire pour peindre fortement ; alors s'il ne fe flatte pas, & s'il fe juge appellé à ces nobles combats , qu'il s'enferme ; qu'il fuie ces fociétés qui l'effémineroient , qu'il vive avec Sophocle , Homere , Euripide , qu'il fe nourriffe du feu facré qu'ils refpirent, fur-tout qu'il évite avec foin les piéges de la molleffe. S'il prête l'oreille à l'extravagance du fiecle , la contagion le gagnera ; il dépenfera fon génie en étincelles brillantes , il doit le reffer-

rer pour en former un volcan. Autre-
fois les athletes qui vouloient vaincre aux jeux olympiques, pour mieux
entretenir la vigueur & la force de
leur large poitrine, fuyoient tout ce
qui énerve & se défendoient le commerce des femmes, résistant par l'attrait de la gloire aux attraits de la volupté ; de même les jeunes auteurs qui
s'exercent aux combats de l'esprit de-
vroient savoir que les victoires rem-
portées sur eux-mêmes élevent l'ame,
enflamment le génie, lui donnent un
ressort prodigieux, qu'il se nourrit &
qu'il s'accroît des offrandes enlevées à
la Déesse trompeuse des plaisirs. Alors
toute la chaleur du sentiment, con-
centrée dans leur cœur, se répan-
dra dans leurs vers ; ils peindront
d'autant mieux les passions qu'ils bra-
veront leur pouvoir ; c'est une nouvelle théorie de plaisirs & de succès
que je leur présente. Et quel est le
triomphe le plus flatteur pour un

poëte ? est-ce le triomphe vulgaire de
subjuguer la foible beauté ? Non, c'est
celui de voir une belle femme troublée, attendrie, confuse de sa sensibilité, s'enfoncer dans sa loge, & essuyer
les pleurs involontaires qui coulent de
ses yeux : voilà la victoire la plus illustre, la plus rare, qui doit le plus
toucher un poëte dont la noble ambition est d'intéresser pour le salaire
de la gloire.

Ce ne sont que les ames communes
qui sont faites pour être esclaves de
l'amour ; le partage des grandes ames
est l'amour de la gloire, voilà leur
passion, & c'est la plus forte & la plus
durable de toutes. L'homme tyrannisé
par la mollesse n'aura ni la force,
ni l'activité nécessaire pour s'élever
au grand. Quelle erreur de penser
que l'homme adonné aux plaisirs,
forme le grand homme ! Il est sans
doute un ressort plus noble, & c'est
cette idée sublime de plaire à son

fiecle & aux fiecles futurs, d'étendre, d'aggrandir fon exiftence ; c'eft cet orgueil légitime, cet orgueil créateur qui animoit les Euripide, les Virgile, les Pindare ; ils fouloient aux pieds la vile cupidité & tenoient les yeux fixés fur cette gloire brillante qu'ils ont pourfuivie & qui a été fidelle à leurs généreux efforts.

Je m'éleverai ici contre un préjugé, & je dirai aux poëtes, malgré l'opinion généralement reçue : l'amour n'eft pas la paffion la plus tragique que l'on puiffe expofer fur la fcene ; ce n'eft pas même la plus favorable pour être applaudi. Quoique tout fpectateur foit un juge qui s'attendriffe naturellement, cependant il fent que l'amour, de quelques couleurs qu'il foit revêtu, n'eft qu'une foibleffe. Il pourra être ému, mais jamais tranfporté ; il pleurera, parce qu'il porte un cœur, mais il fentira qu'il eft d'autres fujets plus dignes de

Son admiration. Loin que l'image des vertus dont il n'eft pas capable, l'humilie, il donnera un tribut involontaire à ces grands traits qui l'étonnent ; il deviendra jaloux de ces actions fublimes & s'attachera plus fortement à des tableaux qui élevent fon ame. La capitale du monde prête à tomber, & fauvée par un Conful éloquent & intrépide. Manlius portant un front calme à la mort. Mithridate expofant les projets d'une vengeance immortelle à fes deux fils. Brutus domptant la nature par l'amour facré de la patrie & des loix. Voilà ce qui plaira dans toutes les nations, plutôt que ce fanatifme amoureux qu'on fait régner fur notre fcene & qui eft fi éloigné de nos mœurs. Car l'héroïfme dans notre fiecle eft encore moins une chimere que l'amour.

Hommes doués de génie, peignez la grandeur d'ame, peignez la nature ; tout ce qui aggrandit l'homme l'in-

téreffera néceffairement. Mais que ne
puis-je vous affranchir de tous les indignes liens qui vous captivent! Que
d'écueils je vois fous vos pas au champ
même de votre triomphe! Ah! gar-
dez-vous du moins de fouiller dans
la fange les aîles qui doivent vous
enlever aux cieux. Ne brûlez pas un
encens menfonger devant ces héroï-
nes qui, à force d'entrer dans l'illu-
fion, fe croient les perfonnages illuftres
qu'elles repréfentent; ayez cette noble fierté de l'ame qui fied au talent &
fait le faire refpecter ; tout l'éclat
de la gloire feroit trop acheté par le
moindre aviliffement. Et toi, ô ma
patrie! fi tu redeviens fenfible aux
plaifirs de l'efprit, fi tu te dégoûtes
enfin de l'obfcénité gazée par l'équi-
voque, fi tu es laffe des grimaces du
démon de la parodie, fi tu abandonnes
enfin un genre plat & ridicule pour
les nobles accens de Melpomene, vois
les citoyens qui te confacrent leurs

veilles du même œil dont tu confi-
deres d'autres citoyens utiles ; n'attache plus un vain ridicule à ceux qui
se diftinguent & qui font ton honneur
chez l'étranger. Fais plus, & connois
mieux tes intérêts , délivre-les de
l'horrible fervitude où ils gémiffent
fous des juges ignorans qui ne font pas
faits pour les apprécier , & qui leur
donnent cependant des loix auffi info-
lentes que capricieufes. Combien de
talens ont été étouffés par ces mains
impures! Eft-ce au tribunal de gens
illettrés & de femmes voluptueufes que
fe doivent juger les productions du
génie ? Celui qui a tout difpofé ,
qui a créé la marche de l'action & les
tableaux divers, doit-il dépendre de
celui qui eft né pour exécuter? L'ar-
chitecte fera-t-il foumis au maçon;
le compofiteur à celui qui remue
l'archet; le poëte au comédien , tandis
qu'il lui communique l'ame & le fentiment ? Veille donc, ô ma patrie!

sûr lès travaux qui méritent d'être couronnés ; il en eſt qui ſont enſevelis dans la pouſſiere, & qui attireroient dignement tes regards ; mais préſerve l'honnête homme qui a médité dès années entieres dans le précieux ſilence du cabinet, d'en ſortir pour ſé voir forcé d'être un adulateur, un intrigant, ou quelque choſe de plus vil encore ; je vois déja ſon cœur flétri, il briſe ſes pinceaux, il renonce en ſoupirant à la gloire, il rentre dans une obſcurité qui lui aſſûre & ſa vertu & ſon indépendance, & ſa juſte indignation le ſoutient dans un projet funeſte à l'art & aux plaiſirs de la patrie (1), &c.

Ici finit la diſſertation du poëte Izerben.

(1) On eſpere publier un projet de réconciliation qui ſatisfera je crois le public, les auteurs, & même les comédiens.

CHAPITRE VII.

Le poëte IZERBEN dans son ménage:
Il devient le modele des maris.

IL est peu de folie comparable à celle
d'épouser un poëte (1). Pourquoi donc
Almanzaïde avoit-elle choisi Izerben?
C'est qu'elle avoit senti qu'elle le me-
neroit à son gré, elle avoit remarqué
avoir sur lui un ascendant naturel. On
sait que tel caractere obéit à tel autre
sans pouvoir y résister, indépendam-
ment même des liens de l'amour. Izerben, quoique homme d'esprit, n'étoit
pas fin, tout détour lui étoit étranger; il avoit un orgueil franc, & sa
crédulité ressembloit à son orgueil;
il n'avoit pas trop bonne opinion des
femmes, excepté de la sienne, parce
que sa vanité y étoit intéressée & que

(1) Excepté celle du poëte qui se marie.

l'artificieuse Almanzaïde lui avoit habilement infpiré l'idée la plus haute de fa vertu. D'ailleurs Izerben avoit des quart-d'heures charmans , il étoit fort aimable lorfqu'il le vouloit ; Almanzaïde le favoit bien ; point foupçonneux , ne s'abaiffant jamais aux petits détails , ne fachant point faire de reproches , c'étoit bien là le mari qui lui convenoit. Mais quel changement! En qualité d'époux , Izerben , ennemi de toute contrainte , ne fe gêna plus & s'abandonna mollement à la douce pente de fon caractere. En conféquence il ne loua plus Almanzaïde , n'encenfa plus fes caprices , & parla continuellement de foi , de fes travaux , de fes immenfes projets , & de fa gloire préfente & future. Il difoit à haute voix toutes les folies qui lui paffoient par la tête , ne faifant pas grace d'une feule , riant lui-même des écarts de fon imagination. Il extravaguoit de fang froid. A table , au

fit , à la promenade , il entretenoit Almanzaïde de poëmes , de journaux ,
de journaliftes , de critiques , de ré-
ponfes , de querelles littéraires. Il devoit fe venger de celui-ci , punir celui-là ; nouvel Archiloque , forcer un
autre à fe pendre de dépit. Il re-
commandoit à fa femme de n'admirer
que lui parmi les modernes ; il faifoit
fon propre éloge , & lui faifoit entendre qu'il faifoit rejaillir fur elle les
rayons de fa gloire. Almanzaïde s'en-
nuyoit étrangement de tout cela ; en
vain médifoit-elle avec tout l'efprit
imaginable , en vain favoit-elle l'hiftoire fecrette de toutes fes amies , en
vain poffédoit-elle le talent fuprême
de déchirer quarante réputations en un
quart-d'heure ; l'inexorable poëte ne
vouloit entendre aucune aventure mé-
difante qui ne concernoit pas les auteurs , & n'entroit pour rien dans
tous ces petits démêlés. Elle s'étoit
brouillée , raccommodée , rebrouillée

avec ſes voiſines , & il n'écoutoit pas.
Trois enlevemens volontaires , quatre
intrigues cachées découvertes , ſix faux
pas de prudes , l'intéreſſoient moins
que les cris aigus d'un auteur châtié
nouvellement des verges de la critique , & rendu tout à coup célebre par
ce châtiment public. Le bon Izerben
aſſommoit avec les mêmes converſa-
tions ſans ceſſe rébattues ; d'ailleurs
fort commode , point jaloux , ne gron-
dant preſque pas , & toujours content , pourvu qu'on ne vînt point l'in-
terrompre dans ſon cabinet.

J'oubliois de dire qu'Izerben prenoit
fréquemment du café , non comme
une boiſſon agréable , mais parce
qu'elle échauffe les fibres du cerveau ,
donne un cours plus rapide aux eſprits
vitaux & ſoutient l'imagination. Il
ſuivoit tacitement le livre intitulé , de
la Médecine de l'eſprit , ouvrage peu
lu , parce qu'on penſe n'en avoir pas
beſoin : Izerben , pour qui une pen-

fée valoit un tréfor, ne négligeoit rien
moralement & phyfiquement.

Almanzaïde qui avoit éprouvé les
tranfports de l'amant, ne reconnoif-
foit plus Izerben dans le rôle d'époux.
Notre poëte paffe une bonne partie
de la nuit à travailler à fon immortalité ; & pendant l'autre il dort en
rêvant de vers. Il peint fort bien le
fentiment dans fes pieces, mais il ne
fe donne gueres la peine d'en parler
le langage à fa femme. Elle le voit,
dans un tranfport infenfé, s'arracher
tout à coup de fes bras, fe dérober à
fes careffes, pour courir à la lueur
d'une lampe écrire des vers paffionnés.
Il s'applaudit du feu qui les anime ;
le barbare revient & les lit impitoya-
blement à une femme enflammée d'a-
mour, qui gémit de l'entendre décrire des tranfports qu'il ne fent pas.
Homme bifarre ! il vante fur le papier la douceur d'un baifer comme le
charme qui unit deux ames, & il

croit qu'Almanzaïde doit être ravie,
enchantée de cette feule peinture. Combien de fois ne foupiroit-elle pas ?
Combien de fois fut-elle réduite à
defirer que la chûte la plus ignomi-
nieufe pût guérir à jamais fon époux !
Que de fois dans un fecret dépit elle
fe dit à elle-même : que j'ai été in-
fenfée d'époufer un poëte, c'eft-à-
dire, l'orgueil & l'indifférence unis
& perfonnifiés ! autant valoit me
marier à un philofophe ou à un géometre.

Almanzaïde n'eût pas été femme fi
elle n'eût médité une fecrette vengeance. Être jeune, belle, dans fon
printems, favoir médire, amufer, &
fe voir négligée, c'étoit une offenfe
inouie, impardonnable. Elle commença par voir d'un œil fort indifférent la froideur de fon époux. Il ne
foupçonnoit pas que l'oubli de fi peu
de chofe dût troubler la paix d'un bon
ménage. Il croyoit être parfaitement

aimé & que tout alloit bien , parce qu'Almanzaïde , profonde dans l'art de diffimuler , ne faifoit pas éclater là moindre plainte. Il s'eftimoit le plus heureux des maris ; il étoit du moins le plus tranquille.

Parut un jeune Seigneur Arabe nommé Protas, léger , brillant , fat , préfomptueux, affez bien à la Cour , trompeur , perfide , jouant felon fa fantaifie toutes fortes de perfonnages , mais cachant fa fcélératefte fous l'extérieur le plus doux. En public, poli & réfervé avec les femmes , hardi, impudent dans le moindre tête-à-tête , il bravoit la vigilance des maris & des meres , ayant des reffources fécondes & toujours prêtes , prodiguant tout pour fes plaifirs & s'animant par les difficultés. Quelques années de débauche l'avoient inftruit du foible des femmes. Il favoit plus d'une attaque , & fe vantoit au premier coup-d'œil de connoître le degré de vertu d'une

rebelle. Il avoit été affez heureux d'ar-
ranger une fociété avec Izerben & de
contracter avec lui une efpece d'amitié.

Protas rendoit de fréquentes vifites
à Izerben. Il étoit, à ce qu'il difoit,
honoré, charmé de devenir l'ami
d'un homme qui étoit la merveille de
fon tems. Quelques railleurs préten-
doient que Protas fe foucioit moins
de tout l'efprit poffible que de quelques attraits encore dans leur fraî-
cheur. Je n'ai point affez de profondeur de génie pour décider fi c'étoit
pour le fameux Izerben, ou pour la
belle Almanzaïde, que Protas étoit
fi affidu. Tout ce que je peux affurer,
c'eft que Protas étoit auffi las d'entendre les vers d'Izerben que celui-ci étoit
ardent à les lui lire. Il paroiffoit cependant écouter & admirer, enra-
geant tout bas, mais enfuite il voloit
fe dédommager de tant d'ennui auprès d'Almanzaïde. Je laiffe à penfer
les bons mots qui fe difoient alors &

l'éloge qu'on faisoit de la poésie. Izerben
de son côté voyoit avec joie un ami aussi
fidelle, auditeur patient & attentif de
tous ses vers. Loin de concevoir la
moindre jalousie, il n'avoit pas la
moindre défiance. Pouvoit-il soup-
çonner de trahison un admirateur
sincere ? Il alloit jusqu'à penser qu'il
ne faisoit sa cour à sa femme que par
estime pour lui.

Tout autre auroit vu d'un œil chagrin cet enchaînement de parties, de
fêtes où Almanzaïde se trouvoit toujours engagée. Bals, spectacles, fes-
tins, promenades, Protas n'oublioit
rien pour tenir Almanzaïde dans une
espece d'enchantement. Il savoit très-
bien que le cœur d'une femme est
plutôt séduit par une fête brillante
que par un an de constance. Izerben
refusoit toujours d'entrer dans ces di-
vertissemens, il demandoit en grace
qu'on le laissât dans sa solitude, plus
charmé du commerce des Muses que

de celui des hommes. Il laiſſoit
manzaïde maîtreſſe de ſe livrer à ſuit
de plaiſirs variés ; le temple de l'immortalité qui s'ouvroit à ſes regards,
le rendoit fort peu ſoucieux ſur un
accident que toute la prudence humaine ne peut ni prévenir, ni empêcher.

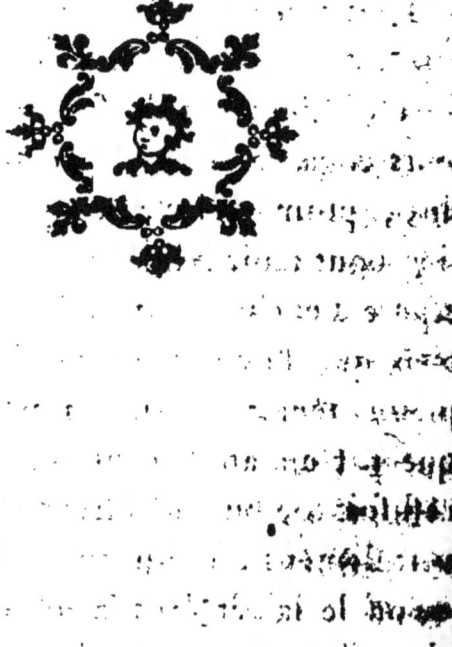

CHAPITRE VIII.

*IZERBEN voyage. Il eſt reçu de vingt-
ſix académies.*

Je penſe qu'un mari, qu'il ſoit poëte ou
non , après une année de mariage n'eſt
pas fâché de quitter ſa femme pour
quelque tems , quand ce ne ſeroit
que pour revenir plus amoureux.
Preſque tous les grands hommes ont
voyagé, Izerben voulut les imiter ; à
l'exemple d'Homere il voyagea à pied
pour mieux connoître le ſol & voir
de plus près les fleurs de la belle nature ; il regrettoit ces tems heureux
où un poëte pouvoit toucher ſa lyre
le long des chemins & lire ſes vers
aux paſſans ſans paſſer pour fou. Avant
de partir il forma le deſſein de ne
ſéjourner que dans les villes où il y
auroit une académie, regardant les

autres comme profanes & indignes d'ar
rêter un être penfant. Les principales
villes de province avoient mis leur efprit
en corps afin qu'il fût vifible ; ces académies, modelées fur celle de la Capitale, étoient comme les lunes qui en-
vironnent une groffe planete , elles
s'éclipfent l'une l'autre, & font afferyies
à la force du même tourbillon. On
fait que chaque année ces illuftres
académies diftribuoient des prix bien
moins frivoles que les fujets propofés
& que les ouvrages couronnés. Ized-
ben , qui avoit le pli académique ,
avoit cueilli , finon des fleurs durables,
du moins des fleurs d'or , telles que
l'amaranthe , l'églantine , la violette,
le fouci , le lys, &c. Illuftre, applaudi
fur le théâtre de la nation , à fon
arrivée les portes de chaque académie
lui furent ouvertes ; il eft vrai qu'elles
étoient fort larges : mais il lia connoiffance avec d'excellens confrères
qui donnoient d'excellens repas ; &
to

soit ce qu'ils pouvoient faire de mieux ;
mais enfin dans le pays de l'ennui cela
mérite d'être compté.

Izerben fut donc reçu de vingt-six
académies qui toutes avoient leur jargon particulier & leurs grands hommes. Il prononça dans vingt-six salles
différentes vingt-six discours éloquens
qui, remplis de mots sonores & en-
flés de louanges accumulées, voguerent
pompeusement au noble fleuve d'Oubli. Mais Izerben, qui se croyoit unique, fut fort étonné d'avoir brûlé de
l'encens pour tant de génies prétendus,
inconnus hors du seuil de leur petite
ville, mais révérés dans leur foyer
comme *gens du premier mérite.*

Il ne lui restoit plus qu'à être reçu
d'une Académie située sur les bords
de * * * pour completter toutes celles
du royaume. Il se présenta au secre-
taire qui étoit manchot, & au prési-
dent qui étoit begue ; on lui demanda
s'il étoit d'extraction noble, il répon-

E

dit qu'il étoit un enfant d'Apollon,
ce n'est pas cela , répartit le préside..
begue qui avoit lu toutes les préfac..
de sa bibliotheque , & qui étoit u..
mauvais plaisant ; avez-vous des lettr..
de noblesse pour être reçu de no..
académie ! Cela est nécessaire , ...
tout le monde est noble ici ou conse..
ler du Roi ; l'êtes-vous, oui ou non..
Izerben sourit , & pour ce crime gra..
ne fut pas même associé. Ces acadé..
miciens nobles promettoient toujou..
& se maintenoient dans une super..
oisiveté. Ils proposoient des questi..
de physique qu'ils ne comprenoi..
pas bien eux-mêmes. D'ailleurs ils ..
se mêloient point de littérature & ..
foient très-bien ; leurs statuts le l..
défendoient, & encore plus la natu..
Un homme de génie avoit à lui s..
pompé tout l'esprit de la provi..
pour trois siecles au moins , com..
les racines d'un chêne vigoureux ti..
tout le suc de la terre & dessechent..

...bles arbuftes qui l'entourent. Sa
...atue, taillée des mains d'un nouveau
Praxiteles, étoit au milieu de la falle
...e l'académie, & repréfentoit un par-
...it académicien : c'eft à fes confreres
...e pencher devant elle dans un ref-
...ctueux filence ; voilà leur unique &
...éritable gloire.

. Ce fut, hélas ! au retour de ces expédi-
...ons académiques, qu'Izerben fit jouer
...tte malheureufe piece qui fut fifflée
...ns miféricorde. Il avoit refpiré l'air
...e la province, & apparemment que
...et air lui avoit été funefte dans la
...pofition. Il penfa en mourir de
...uleur. Son défefpoir fut fi grand
...'il pofa la plume pendant fix mois
...iers fans vouloir la reprendre. Ses
...nfreres de province lui écrivirent des
...ttres de condoléance ; en vain ils
...hortoient à ne pas défefpérer de
... génie ; en vain ils lui repréfen-
...ent que ces courfiers fi fameux, au-
...d'hui vainqueurs & triomphans,

avoient quelquefois comme lui bron-
ché dans l'arêne. Izerben , plongé dans
son chagrin , ne faisoit plus que des
rêves sinistres. La nuit il appercevoit
au milieu des ténebres un grand car-
touche de lumiere soutenu par quatre
singes grimaçans, & où il lisoit son
nom indignement mêlé aux noms infortunés des Pradons , des Boyers ,
des Nadals, &c. Il versoit des larmes,
& dans son malheur devenu moins
fier , moins dédaigneux , il perdit ce
ton tranchant si insupportable , & parut plus attentif envers ceux qui lui
parloient. L'infortune est - elle donc
quelquefois une leçon nécessaire aux
gens d'esprit pour les corriger ?

D'ailleurs Izerben eut le courage ,
ou plutôt l'esprit , d'avouer lui-même
que sa piece étoit mauvaise ; il en dit
plus de mal qu'il n'en pensoit ; &
pour effacer de l'esprit du public une
funeste impression , il lui abandonna
nombre de petits ouvrages gracieux

qui détournerent adroitement son attention du genre où il avoit échoüé ; il obtint sa grace , & paroissant docile il devint dix fois plus aimable. § Il ne tarda pas à donner une autre piece , & ses juges adoucis lui furent plus favorables.

J'allois oublier de dire que ce fut dans ces voyages littéraires qu'Izerben fit rencontre de ce bon vieillard qui lui dit , après avoir compris la profession qu'il avoit embrassée , ô Izerben , que je te plains d'être poëte ! car tu dois être le plus malheureux des hommes ; hélas ! à cette sensibilité nécessaire pour peindre vivement & qui par conséquent ouvre son ame aux maux cent fois plus nombreux que les biens, tu dois joindre mille passions factices , toutes filles de l'amour de la renommée, tu dois en être tourmenté nuit & jour ; ô Izerben ! tu souffres avec effort des foules de façon ; & c'est en même

E iij

tems que notre poëte répondit ces paroles si connues : sage & froid vieillard, je vois bien que tu ne connois
point la volupté qu'inspire la naissance
d'un vers bien tourné !

Izerben s'échapa une seconde fois
pour aller voir deux écrivains fameux,
& qui, doués d'un génie extraordinaire mais différent, partageoient l'admiration de leur siecle. Il brûloit depuis long-tems du desir de contempler
ce grand poëte, roi de la scene, qui
depuis quarante ans occupoit les deux
trompettes de la renommée & qui
avoit éprouvé tous les biens & les
maux que peuvent enfanter l'enthousiasme & l'envie. Il ne desiroit pas
moins de voir ce philosophe célebre
qui, en moins de dix années, s'étoit
élevé au-dessus de ses compatriotes &
avoit remporté la double palme de
l'éloquence & de l'honneur. Le premier né avec un génie vif, brillant &
fécond, après avoir annoncé dès son

enfance ce qu'il feroit un jour, avoit furpaffé l'attente de fes concitoyens. Nul écrivain n'avoit jamais rempli une carriere plus éclatante ; nul écrivain n'avoit jamais raffemblé plus de talens. Le fecond né avec un génie méditatif, plein de connoiffances plus utiles que vaftes, avoit attendu pour écrire que le tems & les réflexions euffent donné à fes idées une affiette inébranlable. Il avoit débuté par heurter le préjugé de la nation chez laquelle il écrivoit, & bientôt plus hardi à mefure qu'il avançoit, il avoit attaqué ceux des peuples inftruits. En vain on lui reprochoit le paradoxe & la fingularité, on l'avoit rarement bien combattu. Le poëte avoit un efprit moins profond, moins fier, moins original, mais plus ingénieux, plus habile à fe prêter à tous les tons & à fe plier à tous les genres ; il les avoit traités d'une façon à faire douter de celui pour lequel il étoit né. Le philo-

fophe, penfant d'après foi , avoit fait
fon unique étude de l'homme & des
moyens de le rappeller au véritable
bonheur , aux mœurs & à la vertu ,
& fes intentions avoient toujours été
droites & pures. L'un rempli de graces , de force , de fineffe & fur-tout
d'efprit, mais plus jaloux d'écrire que
de ranger fes idées dans un ordre
exact, avoit indifféremment, ou felon
les tems, fuivi tous les contraires ; fes
principes fe détruifoient mutuellement , & pour le combattre il ne falloit que l'oppofer à lui-même ; l'autre
doué d'une chaleur permanente , d'une
éloquence rapide , fans être abfolument méthodique , avoit dès les premiers pas pofé fes principes , & fes
autres écrits n'en étoient que le développement. Leur genre de vie
offroit un auffi frappant contrafte. Celui-
là , accoutumé à vivre avec les grands ,
à les flatter , avoit pris les mœurs de
fon fiecle : ami du luxe, ne mettant

aucun frein à son imagination, la sui-
vant avec trop de complaisance, il
n'avoit pas assez veillé sur les écarts
de sa plume. Celui ci, élevé dans des
mœurs séveres, se vit pauvre sans en
rougir ; il voyagea avec fruit parce
qu'il fut malheureux ; formé par l'infortune & rendu plus fier, plus indépendant par elle, il avoit pris ce
caractere plutôt ferme que bizarre, qui
ne sait point plier & ignore l'art de
se soumettre ; aussi le sentiment qui
émanoit de son ame avoit quelque
chose de tendre & de majestueux.
Comme il plaidoit la cause de l'humanité avec quels traits il peignoit la
vertu ! Et quand le zele pour la vérité
l'emportoit trop loin, on admiroit
encore sa généreuse franchise. Le
poëte, il est vrai, qui avoit acquis une
érudition prodigieuse, enfantoit beaucoup de pensées hardies & plaisantes
sur lesquelles il ambitionnoit le titre
de philosophe : mais l'autre, par une

E v

vie conforme à ſes principes & par
ſon entier dévouement à la vérité, en
méritoit ſeul le nom. Le poëte jaloux
de toute eſpece de rival, à force d'art,
s'étoit rendu monarque dans la république des lettres ; il attiroit la va-
peur des hommages & comme le ſoleil
coloroit ces nuages de ſes rayons.
Senſible juſques dans ſes moindres
ouvrages , la critique même la plus
aveugle irritoit ſes eſprits ; & tandis
qu'il s'emportoit contre la ſatyre , il
cherchoit à dénigrer des hommes chers
à la patrie. Le philoſophe, exempt de
cette vanité miſérable , avoit un orgueil franc & ſincere : ſentant ſa ſu-
périorité , il rioit des traits impuiſſans
de ſes adverſaires & s'applaudiſſoit
du nombre ; enfin l'un, après s'être vu
long-tems diſputer l'honneur d'être
compté parmi les grands hommes,
avoit réuni , ou plutôt emporté tous
les ſuffrages , & ſur un trône d'airain
jouiſſoit avec pompe de la gloire la

plus grande & la mieux méritée. L'autre bien moins souple, bien moins adroit, bien moins fin, avoit plu par son caractere singulier, ses vertus, son courage & même son humeur; banni, mais adoré du public, exilé indignement de son pays natal qu'il avoit honoré, mais cher à toutes les autres nations, il avoit avec peine trouvé un asyle où il pût reposer sa tête; mais les acclamations de l'Europe & le témoignage de son cœur pouvoient le consoler; enfin pour acheter le repos il avoit posé cette plume redoutable, l'effroi de ses ennemis; & le lion assoupi, les timides animaux erroient en liberté.

Izerben fut reçu de la meilleure grace du monde par le grand poëte, riche de cent quatre mille livres de rente, qui n'épargna ni les frais de la table, ni ceux de l'esprit, pour contenter doublement son admirateur. Izerben ébloui, humilia son génie

altier devant ce génie étonnant ; il eut
lieu de voir de près fa générofité, qui,
toute faftueufe qu'elle étoit, s'étendoit
fur une infinité de malheureux & at-
teftoit plufieurs excellentes qualités de
fon cœur. Izerben fit quelques lieues
& alla trouver le philofophe volontairement pauvre par la nobleffe de
fes fentimens ; fon accueil fut d'abord
froid ; mais fincere en tout, il s'anima
& goûta Izerben qui avec beaucoup
d'imagination , ne pouvoit pas dé-
plaire au philofophe qui avoit fouvent le ftyle d'un poëte. Izerben com-
battit même en fa préfence quelques-uns de fes principes, fans qu'il
marquât ni indifférence, ni fiel ; enfin
il ne vit en lui que la droiture d'une
ame inflexible, inébranlable, amante
de la gloire, mais auffi jaloufe de
vertus. En fortant, Izerben, qui avoit
une paffion ardente pour la renommée,
difoit tout bas : fi j'avois à choifir entre
la gloire de ces deux écrivains, je ne

pourrois m'empêcher de préférer les destins du philosophe à ceux même du poëte.

CHAPITRE IX.

Qui sera long, mais qu'on ne veut pas raccourcir.

CEPENDANT la ville, témoin de la conduite d'Almanzaïde, s'intéressoit plus que notre poëte à son propre honneur. Les femmes, comme de coutume, faisoient le plus de bruit; l'esprit des plaisans s'égayoit sur le pauvre Izerben, l'intrigue de Protas & d'Almanzaïde n'étoit plus ignorée que de lui seul. Caritès prenoit trop d'intérêt à tout ce qui regardoit son frere, pour être insensible à cette aventure; mais il étoit aussi trop sage, trop généreux, pour se fier sur un bruit populaire. Il savoit que la ma-

lignité aime à percer les hommes
connus & eft ravie de les punir de
leur célébrité. Il examina le tout de
fes propres yeux ; quelle cruelle vérité vint l'affliger ! il eut la douleur de
ne pouvoir plus douter de l'infidélité
d'Almanzaïde , & de la trahifon d'un
perfide auquel Izerben accordoit toute
fa confiance. Il avoit appris par un
témoin fecret de leurs coupables
amours , que ce foir même un ren-
dez-vous étoit concerté entre eux.

Pénétré de chagrin Caritès conclut
qu'il étoit de fon devoir d'avertir fon
frere , afin qu'il s'oppofât à un tel défordre. Il fe fit effort pour remplir ce
devoir cruel , mais il le falloit ; il alla
donc trouver Izerben dans fon cabinet,
ce n'étoit pas autre part qu'il le devoit
chercher.

L'entrée de ce fanctuaire des Mufes , palais de la méditation , temple
de l'enthoufiafme , étoit interdite à
tout mortel , même à Caritès. Protas,

le seul Protas , en qualité de panégy-
riste & d'admirateur , avoit seul le
droit d'y paroître. Caritès hésitoit d'a-
bord s'il enfreindroit cette loi sacrée ,
c'étoit pour la premiere fois qu'il
osoit aborder ce lieu redoutable. L'importance de l'avis lui parut un motif
assez puissant pour passer sur toute
autre considération. Il falloit user de
la diligence la plus prompte , l'instant
le requéroit. Caritès ouvre , entre précipitamment ; mais de quel malheur
ne fut-il pas la cause par cet étourderie ! Izerben rêvoit depuis quatre
heures au plan d'une ode qui devoit
être un chef-d'œuvre ; déja au milieu
d'un désordre apparent il tenoit le fil
& la liaison secrette de ses idées , sans
que rien nuisît à l'enthousiasme du
tout ; il ne falloit plus qu'un coup de
l'art pour terminer l'ensemble de la
piece ; hélas ! cette entrée subite , im-
prévue , dérangea l'économie entiere ;
adieu le début sublime , la marche

rapide , le tour hardi , les images vivantes, les penfées fortes , énergi-
ques : le fublime s'eft envolé. Izerben
refta d'abord immobile , bientôt fes
yeux s'allumerent , fon courroux
monte jufqu'à la fureur ; il ne peut
s'exprimer tant il eft tranfporté , &
qui fait à quel point fa colere ne fe
fe feroit point exaltée, fi fon frere
pour le calmer ne lui eût tout à coup
cité un de fes vers, lequel difoit *que
la colere dégradoit l'homme & aviliffoit
fa raifon ?* Vaincu , défarmé par fes
propres armes, cette citation l'appaifa,
il fourit & demanda le fujet de cette
brufque vifite. Izerben , après avoir
écouté paifiblement , apprit ce qu'il
n'eft pas poffible à un mari d'apprendre
de fang froid. Il parut furpris, extrêmement furpris , puis il parut douter.
Caritès, pour le convaincre lui donna
fur le champ l'occafion de furprendre
la perfide : venez, difoit-il, le traître
qui vous abufe eft en ce moment avec

elle. Quoi ! s'écrioit Izerben en mar-
chant à grands pas , Almanzaïde me
feroit infidelle ! jufques-là elle pouffe-
roit l'ingratitude , envers moi , grands
Dieux ! qui l'aime , qui lui donnas ma
main au fein de ma gloire , au milieu
de mon prèmier triomphé ! Eh , qui
peut-elle me préférer ? un homme fans
nom , fans talent , qui fera inconnu
de la poftérité . . . . Non , mon frere,
cela n'eft pas poffible , vous vous
trompez ; fongez bien qui je fuis , &
jugez fi c'eft un homme tel que moi
qu'on fe réfout à trahir , à tromper.
Caritès fe retira , ne voulant pas ap-
puyer fur un point fi défagréable , &
fe retira l'amertume dans le cœur ,
plaignant fon frere & fa crédulité.

Mais à peine étoit-il forti qu'Izerben fit réflexion que le récit de fon
frere pourroit être vrai , quoique fort
éloigné d'être vraifemblable. Il fe
rappella les tours ingénieux & perfides des femmes de tous les fiecles ,

qui toutes avoient attrapé les plus
grands génies de la terre, Empereurs
& poëtes; & pouvant aisément s'é-
claircir & se tranquilliser; il sortit de
son cabinet pour surprendre Almanzaïde : mais en sortant, ô charme
impérieux du génie ! il tombe dans
un rêverie profonde; un nouveau
sujet s'offre à son imagination; il découvre dans cet événement le plan
d'une piece très-pathétique & des plus
favorables à son art.

Quel sujet, se disoit-il à lui-même,
fera répandre plus de larmes ? Comment une femme aimée, tendrement
aimée, aimée d'Izerben, le trahit !
Ah, sans doute avec des remords,
oui, avec des remords; hélas ! victime
foible, livrée à sa jeunesse, à sa
beauté, elle est entraînée par une
passion fatale, ou plutôt par les arti-
fices d'un séducteur. Elle trahit son
époux, lui qui dort dans la confiance,
qui ne sait point tyranniser un cœur,

lui qui croit à la vertu, elle le trahit !
Et quel eſt ce ſéducteur malheureux
qui trouble une ſi heureuſe union? Ciel !
c'eſt un ami qui trompe ſon ami ;
Dieux ! c'eſt le dépoſitaire de ſes intimes
ſecrets qui devient un lâche, un traître !
Quoi, c'eſt le même homme qui rend
hommage à ſon génie & qui porte un
coup mortel à ſon cœur ! Il a voilé ſa
perfidie ſous un air de candeur & d'intérêt ! Il a enfoncé le poignard en fei-
gnant de le careſſer ! O crime ! ô trahi-
ſon ! quelles ſcenes ! quelles ſituations !
quel intérêt, quelle éloquence pleine
de chaleur doit réſulter de ces grands
mouvemens ! que ce fond eſt riche !
quel drame élevera plus d'applaudiſſemens ?

Il marchoit en réfléchiſſant ainſi vers
l'appartement d'Almanzaïde, éloigné
de ſon cabinet qui étoit ſitué dans
l'endroit le plus reculé de la maiſon,
afin que rien ne troublât le ſilence dont
il avoit beſoin lorſqu'il évoquoit les

Mufes. Il marchoit & s'arrêtoit. Déja
le plan , les vers , le dialogue , le dé-
nouement montoient à fon cerveau ;
déja il appercevoit un drame prefque
tout formé , où l'amour outragé, l'a-
mitié trahie , la vengeance immolée ,
toutes les paffions les plus cheres , les
plus terribles du cœur de l'homme
devoient être peintes dans toute leur
force & toute leur énergie. Il s'enfonça
tellement dans ces idées qu'il oublia
les précautions néceffaires pour les
furprendre. Nos deux amans, qui, dans
le filence enchanteur qui fuit la volupté
fatisfaite, avoient l'oreille au guet,
s'apperçurent de fon approche. Une
minute plutôt il les trouvoit enfemble.
Protas n'eut que le tems de s'efquiver
par une porte fecrette , & l'habile
Almanzaïde prit auffi promptement
une attitude tranquille, & pofa devant
elle un tome des œuvres d'Izerben (1).

(1) Quelle préfence d'efprit : Voilà un
nœud d'épée bien galant , difoit un mari à

Notre poëte entra dans l'appartement d'Almanzaïde si occupé de son
drame, qu'à peine voyoit-il les objets. Il est vrai qu'une distraction habituelle n'étoit pas en lui chose fort
extraordinaire. Il se promena quelques
minutes, & s'éveillant tout à coup,
il se souvint qu'il étoit venu pour
punir l'infidelle Almanzaïde. Il ne vit
qu'elle, paisiblement assise sur un
sopha, & qui, ne pouvant jouir de la
présence d'un époux, charmoit ses
ennuis par la lecture de ses ouvrages.
Ce spectacle attendrit le cœur d'Izerben. Les yeux d'Almanzaïde, remplis
d'une tendresse-inquiette, sembloient
demander la cause de son agitation.
Il s'avança, mais sa colere venoit
d'expirer. Que dire à une femme qui
lisoit ses écrits ? Cependant il ne put
s'empêcher de lui faire quelques re-

la femme qui venoit de l'achever pour son
amant qui étoit derriere la tapisserie. Je vous
destinois, répondit la femme,

montrances sur la fidélité scrupuleuse
qu'on doit à un époux, afin de se
mettre au-dessus même du soupçon;
& à cet effet il ouvrit le volume qu'elle
tenoit encore, & lui récita une magni-
fique tirade de vers, où l'horrible perfidie d'une adultere étoit peinte en
traits foudroyans.

Almanzaïde étoit femme, & l'on
peut imaginer avec quel sang froid
elle répondit. Elle affecta d'abord un
ton très-doux, ensuite un ton surpris.
Elle étoit sûre qu'il n'avoit pu appercevoir son amant, elle soutint donc
avec fermeté son innocence préten-
due. Elle fit éclater une demi-colere,
elle poussa des sanglots demi-étouffés,
elle versa quelques larmes féintes
qu'elle sembloit vouloir retenir. Izerben étoit ému; Almanzaïde s'écria
qu'elle étoit malheureuse, fit parler
sa tendresse, prodigua les pleurs &
l'éloquence de la douleur. Izerben
condamnoit déja intérieurement sa

sévérité & lui protestoit qu'il recon-
noissoit sa vertu & qu'elle égaloit ses
charmes ; il alla pour l'appaiser jusqu'à lui demander pardon de son
erreur ; mais l'artificieuse Almanzaïde
augmentoit l'accent de l'indignation
d'autant plus fort qu'Izerben s'humilioit davantage à ses genoux (1) ; &
par une gradation savante & bien mé-
nagée, elle fit entendre à la fin les
sanglots & les cris du plus violent
désespoir. A ces clameurs, Protas entra
subitement dans la chambre où il n'é-
toit pas attendu.

A cet aspect les pleurs d'Almanzaïde se renouvellerent en plus grande
abondance. Son front étoit allumé,
elle se coucha le long du sopha avec
toutes les marques d'une profonde
affliction, sanglotant, se cachant le

_____

(1) Eh, Madame, daignez me pardonner
l'infidélité que vous m'avez faite. On a ridi-
culisé ce langage, on a eu tort ; c'est celui de
presque tous les maris.

vifage dans les carreaux (c'étoit
dans le fond , pour ne pas fe décon-
certer à la vue de Protas, & pour fe
demander à elle même par quelle im-
prudente témérité il étoit rentré). Cet
homme auffi dangereux amant que
dangereux ami , au lieu de fuir s'étoit
caché detriere la porte , & avoit entendu tout l'entretien d'Izerben &
d'Almanzaïde. Il lui vint dans l'efprit
une nouvelle méchanceté , le tout
feulement pour s'amufer, rire & jouer
une fcene plaifante qui pût le divertir
un inftant. Il étoit entré avec l'air le
plus empreffé , il s'étoit jetté au col
d'Izerben , & en le ferrant dans fes
bras & l'étouffant prefque , il lui avoit
dit : mon cher , je te cherche depuis
un quart-d'heure, j'accours tout effouf-
flé, devine d'où, de chez le favori du
Roi, de chez Aliacin même. Nous
avons foupé enfemble ; pendant tout
le repas il n'a fait que parler de toi ,
il a loué mille fois ton génie, il t'aime,

il

Il te chérit, il eſt ton admirateur,
mais ton admirateur . . . . . comme il
le doit. Sais-tu qu'il brûle de te connoître particulierement ? Sais-tu qu'il
a compoſé des vers à ta louange ? Sais-
tu . . . . . il ne tardera pas à être fait
Miniſtre, car le Roi l'aime beaucoup,
mais beaucoup ; il m'a conjuré de lui
ménager ton amitié , il en eſt ſingu-
lierement jaloux. Je te cherchois ,
comme je te l'ai dit ; j'ai monté , deſ-
cendu, appellé, fait toute la maiſon; im-
patienté de ne point te trouver ni dans
ton cabinet ni ailleurs , je t'ai relancé
juſqu'ici. Que je t'embraſſe encore
une fois ! Aliacin eſt aimable , mais
ne va point l'aimer à mon préjudice
au moins , je veux toujours avoir la
premiere place dans ton cœur, être
ton confident, ton intime, ton . . . .
mais d'où naît cette triſteſſe empreinte
ſur ton front ? Ciel! que vois-je ? Al-
zaïde en larmes ! Que ſignifioient
ces cris que j'ai confuſément enten-

F

dus ? Tu me glaces d'effroi. Qu[...]
malheur ? Qu'y a-t-il, mon am[...]
Que s'est-il passé ? Acheve. Que puis[...]
faire, dis ? Je dois, je veux partag[...]
tes moindres peines. Voilà ma bour[...]
voilà mon épée, & si tu me refuses,[...]
te renonce pour ami.

Ces transports qui ne paroissoie[...]
pas menteurs, tant Protas étoit parf[...]
comédien, avoient achevé d'éteind[...]
tout soupçon dans l'esprit d'Izerb[...]
Il avoua que c'étoit une petite d[...]
cussion qui s'étoit élevée & qui éte[...]
déja appaisée ; curieux & brûlant [...]
voir les vers composés en son honn[...]
par le favori du Roi, il les demand[...]
avec cette timidité pressante & n[...]
qui peint un vif desir, lorsqu'Al[...]
zaïde, se relevant avec un air de [...]
gnité, adressa d'un ton ferme [...]
mots à Protas : retirez-vous, M[...]
sieur, que votre présence n'augm[...]
point la douleur d'une infortun[...]
sa conduite sans tache ne m[...]

ouvert des plus odieux foupçons.
Vous êtes, il eft vrai, la caufe innocente de mes larmes : mais enfin, c'eft
vous qu'un époux cruel rend complice
d'un crime prétendu dont l'idée feule
me fait frémir d'horreur. Ne me re-
voyez plus, Monfieur, je dois ménager la jaloufie d'un époux, toute injufte
qu'elle eft. N'irritez point des foupçons qui font tort à ma gloire, je dois
fouffrir & immoler jufqu'aux charmes
de la fociété pour complaire à celui
que le Ciel a fait mon maître. Protas
comprit à merveille le fens de ces
mots ; il regarda fixement Izerben,
leva les épaules, gémit : infenfé, dit-
il, fuis-je votre ami? Je me retire &
j'obéis à l'ordre d'Almanzaïde : ingrat !
dit-il en foupirant, je n'aurois jamais
cru. . . . . . Izerben défefpéré, impa-
tent de lire les vers en queftion, l'arrêtoit. . . . . . Non, Monfieur, qu'il
parte, s'écrioit à haute voix Almanzaïde, je dois lui épargner, ainfi qu'à

F ij

moi, des affronts auffi fanglans ;
elle pleuroit avec une efpece de fi
teur , & elle prodiguoit tour à tot
une fierté impofante & une fenfib
lité touchante ; & Protas , tout fourb
qu'il étoit, admiroit l'art d'une femme
Izerben de fon côté ne vouloit pa
laiffer fortir Protas & le lioit dans fe
bras , il crioit qu'il étoit un fou
qu'Almanzaïde étoit vertueufe , qu'
ne la trouvoit pas même coupable d
la plus légere indifcrétion , qu'il l'ho
noroit enfin de tout fon cœur : elle
en pleurant toujours , foutenoit qu'
près cet outrage ils ne pouvoient pl
vivre enfemble , qu'une féparatie
éternelle devoit s'établir entre eu
Izerben demeuroit muet comme
criminel accufé des plus noirs forfai
Protas, pour mettre le comble à ce
fcene , feconda l'artifice d'Alm
zaïde ; & avant de fortir , à ce q
difoit pour ne revenir jamais, il
plaignit , fe plaignit lui-même ,

résenta à Izerben les tourmens volontaires qu'il se forgeoit ; & l'assura que
puisqu'il étoit si soupçonneux , il ne
pouvoit plus amener chez lui le favori du Roi, qu'il étoit obligé en
conscience d'avertir Aliacin de sa jalousie , afin qu'il ne mît point le pied
chez un homme qui lui feroit peût-
être un plus sensible outrage ; en
même tems il tira de sa ·poche les
vers d'Aliacin , & les déchira en pieces
comme devenus inutiles. Izerben jetta
un cri ; ce dernier trait fut celui qui
perça son cœur. Le désespoir l'égaroit.
Quelle douleur ! perdre un ami tel
que Protas qui lui prodiguoit sans
mesure les plus fortes louanges ! perdre
un admirateur favori du Roi ! & pour
comble d'infortune renoncer à l'es-
poir de lire les vers flateurs d'un futur
Ministre ! Il se lamentoit, & supplioit
Protas de ne point l'abandonner, de
lir dans son cœur , le plus vrai, le
plus sincere repentir. Protas affectant

de la colere ne vouloit plus rien entendre. Izerben embraſſa de nouveau
les genoux d'Almanzaïde, la pria avec
inſtance de joindre ſes prieres aux
ſiennes pour fléchir Protas irrité. Almanzaïde reçut cette priere comme
une nouvelle offenſe, & ne lui répondit que par un regard plein de
mépris. Izerben ne ſe connoît plus,
il eſt ſur le point de ſe livrer tout à
fait à ſon déſeſpoir. Enfin Protas fit
comme s'il étoit aſſez généreux pour
oublier ſa faute, de ſon propre mou-
vement il lui tendit la main & lui dit
d'un ton qu'il eut ſoin de rendre le
plus pathétique qu'il put : ami malheureux & que j'aime encore, j'excu-
ferai ta jalouſie, je ne la regarderai
que comme une foibleſſe de l'amour :
je te croyois l'ame plus forte, plus grande : mais je conçois auſſi tout l'empire
de cette paſſion ſur un cœur trop
ſenſible ; ami, je te pardonne, em-
braſſons-nous ; puis ſe tournant ver

Almanzaïde : Madame , un époux
doit obtenir grace , ne voyez qu'un
excès de tendreſſe dans ce moment
d'erreur ; ce ſera , je crois , la derniere
folie qui troublera ſon cerveau. Izerben le promit , il ſe jetta aux pieds de
ſa femme , obtint ſon pardon , & on
conclut une paix générale. Izerben jura
qu'il ſeroit à jamais tranquille ſur le
compte d'une épouſe ſi vertueuſe. Almanzaïde eſſuya ſes larmes , donna un
baiſer ſur l'œil gauche à ſon époux,
& en même tems lança un regard ex-
preſſif à Protas qui ſe mordoit les
levres pour ne pas éclater. Notre poëte
enſuite demanda comme le ſceau de
la reconciliation, qu'on lui accordât
au moins les morceaux de papier qui
contenoient les vers d'Aliacin ; Protas en ſouriant , comme d'un air de
bonté , raſſembla ces morceaux pré-
ieux & les lui remit. Il lut , il lut enfin
les vers qu'il deſiroit depuis ſi long-

tems , il les lut avec avidité ; ils
étoient mauvais ainfi que les vers de
Cour , mais on les déclara excellens ,
car ils renfermoient l'éloge d'Izerben.

Aliacin avoit véritablement compofé ces vers pour flatter Izerben ,
mais dans l'intention d'en être récom-
penfé par Almanzaïde ; elle avoit
fu plaire au Seigneur bel efprit, il
vouloit s'introduire chez elle, & il
crut qu'en qualité de favori du Roi,
Protas auroit la complaifance de le
fervir ; mais celui-ci , trop charmé
d'Almanzaïde pour confentir à la
céder à un autre , s'étoit chargé de
cette commiffion pour complaire à la
vanité d'Izerben , & pour s'avancer
d'autant mieux dans l'efprit de fa
femme , & il jouit du rare plaifir de
duper à la fois les deux extrêmes, un
poëte & un homme de Cour.

Je ne m'arrêterai pas davantage fur
un fujet auffi commun. Qu'Izerben

ût eu une femme galante , c'eſt le partage de quantité d'honnêtes gens qui n'en ſont ni moins heureux , ni moins eſtimables. Almanzaïde fut trouvée ſucceſſivement fort aimable par nombre de Seigneurs qui ai-moient l'eſprit à la fureur (1). Ils fré-quentoient la maiſon d'Izerben & ac-quéroient la réputation d'amateurs & de protecteurs des beaux-arts. Alman-zaïde mit au monde un fils qui ſans doute auroit été un très grand génie s'il ne fût mort. Izerben le pleura ten-drement ; ce qui prouve , contre plu-ſieurs philoſophes , l'exiſtence des nœuds ſympathiques de la nature. La maiſon d'Izerben repréſentoit une académie , toutes les opinions qu'il vouloit introduire paſſoient pour

(1) Qu'une femme ait un amant, à la bonne heure ; qu'elle en ait deux , paſſe en-core : mais au-delà ce n'eſt plus honnête. Après tout il faut des mœurs.

F v

des oracles ; on ne le contre-
soit jamais. Il étoit admiré autant qu'il
vouloit l'être. Sa fortune diminuoit
mais il ne s'en appercevoit pas , &
enivré de la douce fumée des louanges , il étoit le mortel le plus heureux :
il le méritoit bien , car dans son ménage c'étoit le meilleur homme du
monde. Parlons un peu de cet article
& de l'état de sa fortune.

CHAPITRE X.

Etat de la fortune du poëte IZERBEN.
Ses malheurs. Ses revers.

I L faut qu'un poëte, pour se livrer
en assurance au commerce des Muses,
jouisse d'un bien assez honnête pour
se rendre indépendant, sans quoi il
est fort à plaindre. Cette noble fierté
qu'il doit avoir dans l'ame est incom-
patible avec l'indigence. Ce loisir dont
il a besoin exige un peu de fortune.
S'il est réduit à ramper, il perd aussi-
tôt son feu & ses talens. L'esprit est
incapable d'un vol hardi, il ne sent
plus le besoin sublime de la gloire,
lorsque le corps est incessamment rappellé à des besoins plus pressans &
moins nobles. Akob avoit laissé à chacun de ses fils un revenu assez consi-
dérable pour entretenir assez commo-

F vj

dément une maison. Izerben, en épousant Almanzaïde, avoit acquis plus de beauté que de vertus. Alman- zaïde aimoit la parure, le jeu, les spectacle de toute espece, les assem- blées, le tumulte du monde, & dédai- gnoit tous les soins obscurs du mé- nage. Izerben de son côté, ami du faste, dépensoit beaucoup, plus par ostentation que pour son plaisir; il donnoit table ouverte à quiconque se bornoit modestement au titre d'ama- teur & n'alloit pas plus loin. Il vouloit briller en tout & il se ruinoit. Ses ouvrages lui rapportoient fort peu, parce qu'il avoit fait présent du revenu de ses tragédies à une actrice qui y jouoit supérieurement, & qu'en se- cond lieu des libraires très-respec- tueux le voloient en protestant leur bonne foi. D'ailleurs il avoit une si haute idée de son art qu'il n'acceptoit qu'en rougissant le mince produit de ses œuvres. La gloire étoit, selon lui, la feule monnoie qui pût payer fes productions. Notre poëte faifoit de fort belles defcriptions de la culture des terres, de l'entretien des troupeaux, des richeffes réelles de la campagne ; il préconifoit la modéra-tion, il chantoit la fimplicité de l'âge d'or : mais fon génie, trop élevé pour defcendre aux petiteffes de l'économie, n'avoit aucun foin de fes terres ; il fe donnoit encore moins la peine de mettre un frein à fes goûts. Sa géné-rofité faftueufe & déplacée, fon igno-rance & fa négligence dans les affaires domeftiques, & plus que tout cela, la conduite diffipée d'Almanzaïde, réduifirent fon bien au demi-quart. Cependant il continuoit toujours à fe mettre magnifiquement, il recher-choit les meubles d'un goût nouveau ; & la molleffe ne ceffoit pas d'être une de fes paffions favorites, de forte qu'il ne lui refta plus enfin qu'une maifon

& une somme d'argent propre à
faire vivre deux ou trois ans.

L'infortune s'appefantit fur la tête
de l'homme négligent , dit Zoroaftre.
Un foir notre poëte venoit d'achever
une très-belle ode à la louange d'un
héros qui venoit de battre l'ennemi ,
ce qui étoit un prodige (1). Avant de
fe coucher il voulut relire cet écrit
précieux pour le perfectionner encore.
Le fujet n'étoit pas affoupiffant ; cependant, laffé du travail, le fommeil
le furprit , il compofoit encore & il
dormoit. L'ode échappe de fes foibles
mains , tombe , s'allume au flambeau qui l'éclairoit. Son bureau étoit
confufément chargé d'innombrables
feuilles volantes , le feu y prend & fe
communique aux cloifons. Notre poëte

(1) Le beau prodige ! quand on fe bat, ne
faut-il pas qu'il y ait un battant & un battu ?
L'art n'étoit pas à louer le premier , mais le
fecond.

alloit périr victime de fon art. Heureufement il s'éveilla , dans un inftant le cabinet va être en flammes. D'un
côté fes poéfies , de l'autre fon argent ,
étoient dans deux armoires différentes. Il n'avoit pas affez de tems pour
fauver le tout. Réduit au choix il em-
porta fes manufcrits , confolé de les
arracher à l'incendie. Son zele actif
lui caufa une brûlute , & fa main
porta long-tems les glorieufes marques
d'une tendreffe vraiment paternelle.
Il difoit , ayant fon bras en écharpe :
que m'importe la perte de mes biens ?
j'ai fauvé ce que j'avois de plus précieux , mes nouveaux écrits , gage de
mon immortalité. Je pourrai retrouver
des richeffes , mais rien n'auroit pu
me rendre tant de morceaux achevés
s'ils euffent été dévorés par les flammes.
Ah ! j'en jure par les neuf Sœurs , en ce
cas fatal leur bûcher auroit été le
mien.

Almanzaïde , qui s'étoit fauvée en

chemife , ne goûtoit point cette confolation. Elle avoit perdu fes bijoux
& fes robes. Elle maudiffoit de tout
fon cœur & la victoire , & le héros ,
& l'ode pindarique , & cette manie
dangereufe qui finit par embrafer des
maifons. Izerben lui montroit des tré-
fors cachés dans ces manufcrits fauvés,
elle fecouoit la tête & déteftoit tout
bas l'inftant de fon hymen. Izerben ,
malgré fes promeffes pompeufes , ne
fe foutenoit plus que par les fecours
de fon frere. Il habitoit fa maifon ,
l'économie y régnoit , tout y étoit réglé
& fagement borné au néceffaire. Cette
vie bourgeoife déplut à Almanzaïde ,
accoutumée au luxe & à la bonne
chere. Azora fa fœur , laborieufe &
retirée , mettoit toute fa gloire à bien
diriger fa maifon ; nourrice de fes
enfans , foutien de fa famille , époufe
pleine de tendreffe , elle avoit cette
dignité qui paroît trifte ou févere à
des yeux corrompus. Les deux fœurs

fi oppofées dans leur maniere de vivre,
ne tarderent pas à fe brouiller. Izerben prit le parti de fa femme & fortit
de chez fon frere qui le retenoit, pleuroit & vouloit tout raccomoder ; mais
le fort d'Izerben fut toujours d'être entraîné par l'altiere Almanzaïde.

CHAPITRE XI.

*IZERBEN eft pauvre. Mort d'ALMAN-
ZAIDE. Conftance & grandeur d'ame
de notre poëte.*

ON eftimoit chez les Arabes le bon
poëte , mais on le laiffoit mourir de
faim. Sa fortune éclipfée , fa gloire le
fut auffi aux yeux de fes flatteurs pa-
rafites. On jouiffoit du travail de l'a-
beille , & on s'embarraffoit peu fi elle
avoit du moins un afyle. Izerben fut
grand dans fon infortune. Tout ce
que la patience & le courage peuvent

entreprendre & exécuter, il le fit,
publia un recueil de poésies nouvelles
où l'on admira des pensées neuves,
des expressions de génie ; on y reconnut un caractere vrai, un tour & une
maniere qui lui étoient propres. Ce
recueil, qui eut beaucoup de succès,
auroit dû lui assurer une petite fortune, si des lâches abusant de la triste
situation où il se trouvoit, ne lui
eussent dérobé le légitime fruit de ses
veilles. Ces malheureux s'enrichis-
soient & ne lui donnoient que l'absolu
nécessaire, uniquement pour soutenir
des jours dont ils espéroient tirer un
gain nouveau. Izerben enfin étoit à la
merci de ses libraires ; c'est là sans
doute le dernier degré de l'avilisse-
ment & du malheur.

Un de ces revers qui surprennent
le commerçant & qui le mettent à
deux doigts de sa ruine, accabla
alors son frere. Quel soulagement
pouvoit-il recevoir d'un frere infor-

juné qui se devoit avant tout à ses
enfans ? Il ne restoit plus à Izerben
qu'un parti à embrasser , c'étoit d'encenser de riches fous , de devenir leur
bouffon , de flatter leurs penchans
corrompus en prostituant le langage
des Dieux devant les idoles du libertinage. A ce prix on lui auroit accordé
du pain. Ce pain lui parut trop vil &
trop infame. Il vécut volontairement
dans une extrême misere : mais dans
son indigence , tournant les yeux vers
les siecles futurs qui devoient juger
ses écrits & ses mœurs , il s'écrioit :
ô postérité ! je n'aurai point à rougir
devant toi de la moindre bassesse.
Soutenu de tes regards j'honorerai
mon nom , il te parviendra pur &
sans tache , & je n'aurai point courbé
ma tête sous le joug de la honte , &
je n'aurai point prié le riche dur
& insolent ; & toujours inébranlable
aux plus rudes coups de la tempête ,

j'aurai pour moi le fuffrage de mon cœur & peut-être le tien.

Je laiffe à penfer fi Almanzaïde fe laiffa confoler comme lui par l'appas d'une gloire future. Elle n'avoit pas l'imagination fi forte & ne cherchoit pas fes plaifirs dans un tems où elle ne feroit plus. Comme je n'ai point eu le deffein d'écrire fa vie, je dirai feulement qu'elle mourut quelque tems après fon défaftre, & que ce ne fut pas de chagrin. Sa mort fut la derniere faveur que le Ciel daigna accorder à Izerben. Elle l'avoit trompé jufqu'à fon dernier foupir ; il fit une élégie funebre où il célébra fa fidélité & toutes les vertus dont elle n'avoit eu que l'apparence (1).

(1) La vertu eft fans contredit une belle chofe, mais elle eft fi unie qu'elle en devient infipide. Vive fon apparence ! on lui fait prendre toutes les formes qu'on veut. Une femme qui n'a rien à fe reprocher fe donne rarement

On supporte l'infortune & non le mépris. Izerben, pauvre & fier, fut dédaigné des grands : on oublia ses talens, on ne vit que sa misere. Aussi-tôt chacun l'outragea ; le plus mince praticien, orgueilleux d'une robe noire qui balayoit chaque jour le pa-lais, se crut un être au-dessus de lui, & avoir le droit de l'insulter. On lui demandoit en face de quelle utilité il étoit, & ayant trop à répondre il se taisoit ; enfin, il éprouva combien l'orgueil des hommes est cruel envers ceux qui se distinguent par les talens de l'esprit.

Il consoloit ses maux en touchant sa lyre. Il philosophoit en vers, & ces vers composés dans ses malheurs furent peu lus. Ils étoient trop sérieux.

la peine d'être aimable. Celle au contraire dont la conscience n'est pas bien nette a trop d'intérêt de nous éblouir pour n'y pas mettre toute son étude ; & voilà pourquoi tant de maris sont contens.

Il le faut avouer, ce n'est que dans l'aisance qu'un poëte fortuné trouve ce tour facile & gracieux, prodigue cette imagination riante, cette pompe heureuse, charmes séducteurs qui font les beaux vers. Au contraire, le sceau de l'infortune dont est marqué un poëte malheureux, semble passer dans ses écrits. La disette, la sécheresse, le tour pénible & contraint, tout annonce la triste servitude sous laquelle il gémit.

Cependant on ne rendoit pas justice aux nouvelles poésies d'Izerben. Peu fortes de coloris elles étoient pleines de raison & de philosophie. On y respiroit un certain sombre qui ne déplaît pas aux ames sensibles, & on y goûtoit cette teinte mélancolique & douce pour les cœurs blessés des traits de la douleur : mais le siecle libertin ne lisoit plus que des poésies lascives. Des auteurs efféminés faisoient des vers légers & vuides de sens qui seuls

avoient la vogue. On portoit d'avides
regards fur ces touches brillantes,
animées, qui peignoient d'après les
mœurs regnantes, l'inconftante volupté, la flamme paffagere des defirs
& la beauté attaquée & vaincue. Izerben grave & férieux, parmi le ton
fou & léger de fes rivaux, devint
ridicule, & l'on fait qu'il n'eft point
de bouclier pour parer un tel coup.
On ne lui fut pas gré d'avoir fu em-
bellir les matieres les plus ingrates,
on plaifanta fa morale & fa perfonne.

Ces bons mots qui ne coûtent rien
aux efprits frivoles & ingrats, parurent bien amers à l'ambitieux Izerben. Voir un public oublier tout ce
qu'on a fait précédemment & fignaler
fa vengeance terrible contre un ouvrage
qu'il trouve moins agréable, eft un
moment cruel propre à décourager le
poëte le plus opiniâtre (1). Il eft vrai

_____

(1) L'animal le moins reconnoiffant, difoit Saint-Evremond, eft le public.

que l'approbation qu'il obtenoit d'u
petit nombre de connoisseurs le ren
doit assez ferme sur le jugement pré
cipité de la multitude ; mais l'amou
propre d'un poëte est si vaste qu'i
voudroit, je crois, captiver le suffrage
de ceux mêmes qui ne l'entendent
pas ; il ne bravoit que tout haut l'assemblée formidable de ses juges, &
il trembloit tout bas pour sa gloire ; l
plus légere critique imprimée le faisoi
frémir, & le grand homme avoit souvent la foiblesse de pleurer solitaire-
ment des atteintes portées à sa renommée ; la voix de ses défenseur
lui paroissoit cent fois plus foible
que celle de ses censeurs. Cependant
& ces approbations, & ces critiques
& cette division éternelle qu'il excitoi
parmi le peuple lettré, & ces longue
conversations ou disputes dont il étoi
l'unique sujet, enfin cet amusemen
perpétuel qu'il procuroit à sa nation,
rien de tout cela, dis-je, ne lui rap
porte

ortoit de quoi subfifter. Le plus vil
métier nourrit fon maître propor-
tionnément à fa baffeffe, & les talens
du génie font fouvent infructueux!
Ce fera donc un malheur de naître
vec un ame grande, éclairée, indé-
endante, élevée? Non, fi un or-
ueil néceffaire & légitime foutient
cœur que l'infortune veut accabler,
bravant avec courage un fort enne-
i, il fe confole en voyant fa vertu
re au milieu d'une troupe d'ef-
aves. C'eft ce que fit Izerben ; il ne
acrifia point fa liberté, ce premier
roit d'un être intelligent ; il ne plia
int fon mâle caractere aux caprices
riche bifarre. Un de ces ftupides
lens qui veulent des valets de toute
pece, lui offrit un fort qu'il appel-
it heureux ; il ne s'agiffoit que de
fentir à être le plaftron de fes
es railleries lorfqu'il feroit à table,
faire de l'efprit au gré du fien

pour aider à sa digestion ; il refu[se]
cet emploi honorable , ce qui étonn[e]
tous les sots faits pour se vendr[e.]
D'autant plus fier que tout l'oppri[-]
moit , il ne toucha jamais le seuil d[e]
ces palais où des ames de boue e[n]
des flatteurs à gage , & s'approprien[t]
ensuite les louanges qu'elles exige[nt]
avec insolence (1).

CHAPITRE XII.

IZERBEN va trouver ALIACIN , M[i]-
nistre. Par la même raison le poë[te]
voit la Cour.

U n soir que dans un asyle sombr[e]
& pauvre , Izerben avoit fait m[...]

(1) Saint-Evremond parle d'un Card[inal]
avare à qui l'on faisoit l'éloge de sa gé[néro-]
sité : cela fait toujours plaisir , disoit le P[...]

flexions sur sa malheureuse destinée,
il se dit : je ne connois rien de plus
vil que d'implorer en vers un pain
que la nature ne refuse point à l'homme qui a des bras & du courage ; mais
je puis, je crois, légitimement jouir
des bienfaits du Souverain s'ils des-
cendent sur moi. J'ai quelques titres
pour prétendre à une de ces pensions
que sa générosité accorde aux hommes
célebres & infortunés. Je n'ai, il est
vrai, d'autre recommandation que
mon nom, je sens qu'à la Cour un
nom n'est rien sans appui, & que le
mérite même a besoin de protecteur.
Cédons au tems. Allons voir Aliacin,
Aliacin qui est Ministre & tout puissant, Aliacin qui m'a tant estimé,
qui a fait des vers à mon honneur,
Aliacin qui a fréquenté long-tems
ma maison dans son opulence, Aliacin qui m'a fait mille fois mille pro-
messes de services ; il auroit pu me
prévenir, il me fait malheureux, mais

je vois qu'il faut que tout homme
en place soit importuné pour faire
le bien, il n'est que le mal qui vienne
sur une aîle rapide.

Izerben alla au palais d'Aliacin, il
comptoit du moins qu'à son nom il
seroit introduit sur le champ. Il resta
dans l'anti-chambre où étoient nombre de valets bien mis, bien insolens
& qui paroissoient sourds aux interro-
gations qu'on leur faisoit Ils jouoient
aux cartes. Pour la seconde fois Izerben
demanda audience. Votre nom ? Izerben prononça son nom en rougissant.
A ce nom un valet sourit. Un autre
lui dit fierement & sans lever les
yeux de dessus son jeu, sans le regar-
der, que Monseigneur avoit des affaires
de trop grande importance pour l'é-
couter...... L'habit plus que mo-
deste que portoit Izerben ne lui permit pas de répondre, mais tout son
corps frissonna; une larme de rage
vint mouiller sa paupiere ; il se re-

...it la mort dans le sein , lorsque ce
...ême domestique qui avoit souri à
...on nom , courut après lui , en l'assu-
...ant qu'il alloit l'introduire sur le
...hamp. Izerben étonné suivit ce do-
...estique sans deviner quel motif le
...isoit agir. Étoit-ce l'intérêt ? Non,
...étoit une reconnoissance nouvelle &
...nguliere. Voici l'histoire : ce garçon
...ourchassoit une maîtresse un peu re-
...elle ; il desiroit beaucoup & n'obte-
...oit rien , parce qu'il ne savoit pas
...primer ce qu'il desiroit. Un homme
...esprit & un valet sont tous deux
...uelquefois embarrassés. Un soir que
...ut en rêvant à ses amours il lisoit
...onchalamment le poëte Izerben , une
...uation toute pareille à celle où il se
...ouvoit le frappa. Il lut des vers qui
...urnoient poliment ce qu'il vouloit
...re. Enchanté de cette découverte , il
...les appropria & les envoya cachetés
...à sa maîtresse qui , charmée d'avoir

un amant auffi fpirituel , ne tarda
gueres à le rendre heureux. Depuis ce
tems cet honnête garçon n'avoit pas
oublié le nom d'Izerben , mais ne le
prononçoit jamais.

Aliacin , depuis la mort de la belle
Almanzaïde , n'envioit plus l'honneur
d'être ami d'Izerben ; mais il étoit trop
bon courtifan pour ne le pas recevoir
avec toutes les démonftrations de la
plus grande joie (1). Dès qu'il l'apperçut il courut au-devant de lui , l'embraffant , l'appellant le poëte par excellence , l'accablant , ou plutôt l'affom-
mant de louange. En quoi puis-je vou
fervir , illuftre Izerben , s'écrioit-il
d'un ton tranfporté ? Izerben lui préfenta fon placet qui étoit une piece de
vers noblement tournés. Le Miniftre
lut. Izerben y expofoit avec dignité l

(1) Voilà un Miniftre trop poli : mais il
tant d'affaires , qu'il a peut-être oublié qu'Almanzaïde eft morte.

nécessité pressante où , malgré ses travaux, il se trouvoit réduit ; & par une
transition heureuse , faisant l'éloge du
Ministere & du Ministre , il le prioit
d'ouvrir en sa faveur cette main généreuse qui faisoit les destinées de
l'État & les heureux du siecle. Il finissoit
par dire qu'un grand homme, occupé du
bonheur des humains , ne se refuseroit
pas au bonheur d'un seul. Après avoir
lu , le Ministre dit qu'il n'avoit jamais
vu des vers aussi naturels, aussi beaux,
aussi bien frappés. Le Monarque devoit lire cet éloquent placet , & cer-
tainement ce grand Prince ne souffri-
roit pas qu'un aussi grand poëte éprouvât
plus long-tems une honteuse indigence.
Izerben sortit triomphant. Le Roi
lira mes vers ! Ah ! fortune ennemie
qui m'as joué tant de fois, fortune ,
c'est pour le coup que tu vas changer !
Le Roi lira mes vers ! Sois béni , jour
heureux ! sois toujours ma passion ,

divine poésie , c'est-à toi que je devrai
cet honneur ! Je ne regrette plus mes
beaux jours usés dans le travail. Le
Roi lira mes vers !

Chaque matin il se trouvoit chez le
Ministre , il attendoit le moment qui
n'arrivoit pas ; il s'abusoit , se repais-
foit de chimeres, alloit jusqu'à penser
qu'on ne le faisoit attendre que pour
rendre la gratification plus honnête.
Il ne pouvoit croire qu'on eât de la
fausseté avec tant de cordialité. Enfin
le Ministre fut encore assez compatif-
fant pour ne pas lui faire perdre un
tems précieux. Il lui fit dire par une
quatrieme personne, qu'il ressentoit
le plus vif désespoir de ne pouvoir
l'obliger , que son propre mérite ob-
tiendroit, avec un peu de patience,
ce qu'il demandoit , mais que pour le
présent les fonds étoient épuisés , &
qu'aussi à la premiere occasion on le
récompenseroit au double.

La vanité d'Izerben se seroit encore trouvée satisfaite, si le pressant besoin n'eût étouffé en lui tout autre senti-ment. Il se traîna chez lui le cœur serré, l'ame flétrie, l'imagination troublée des horreurs d'un lugubre avenir. En cet état il défendoit les larmes à ses yeux & il vouloit domp-ter le poids de sa douleur. Sa grande faute étoit de n'avoir point présenté le placet du vivant d'Almanzaïde ; il auroit eu un meilleur succès. Par exemple : un homme doué du ta-lent merveilleux de siffler des serins, & qui avoit une jolie femme, eut l'hon-neur de présenter au Ministre un de ses savans oiseaux endoctriné de sa bouche, & il obtint en faveur de cette science suprême une terre assez consi-dérable ; telle fut la récompense des fidelles services qu'il avoit rendus à l'État, en substituant l'art à l'insipide nature, & en perfectionnant le gosier

G v

harmonieux des légers habitans de l'air ; & le même jour un surprenant danseur de cordes, qui avoit eu le bonheur d'effrayer le Monarque pour ses jours, & de faire aussi-tôt pâlir les visages enluminés de la Cour, obtint un emploi où il put se reposer des peines utiles qu'il s'étoit données.

Izerben, sans être envieux du bien d'autrui, étoit devenu si chagrin en apprenant ces deux événemens, qu'il n'avoit pas même la force d'écrire sa douleur. Triste, abattu, il se promenoit à grands pas en disant : un siffleur d'oiseau, un baladin l'emporter sur un poëte, sur un homme que la nature est dix siecles à enfanter ! Siecle ingrat, siecle aveugle, je serai vengé ! la postérité te méprisera. Laborieux écrivains, consacrez vos veilles à l'instruction & aux plaisirs de vos concitoyens, consumez-vous dans la retraite , afin qu'après avoir joui du miel de l'abeille , on plaifante durement fur fon palais de cire détruit & pillé. O Poftérité! fans toi , fans tes regards vivifians qui raniment les grands hommes , j'abandonnerois mon fiecle à fon faux goût & à fon ignorance.

CHAPITRE XIII.

IZERBEN vifite un médecin , un philofophe & un café.

IZERBEN voulut diffiper le chagrin qui lui rongeoit le cœur. Quand notre ame eft affligée , elle cherche un confolateur , elle aime à découvrir fes bleffures , afin qu'une main douce y verfe le beaume de la pitié ; il femble qu'en nous plaignant , en exhalant notre infortune , nous diminuons l'amertume de notre douleur , & c'eft

un acte d'humanité de prêter une
oreille attentive aux longues plaintes
des malheureux. Notre poëte alla trouver un médecin qui ne l'avoit pas abfolument abandonné, ainfi qu'avoient fait
l'admirateur Protas & plufieurs autres
qui tous s'étoient retirés dès qu'il n'eut
plus de table & de femme. N'oublions
pas que c'étoit le même médecin qui
avoit traité Almanzaïde dans fa derniere maladie.

Izerben entre, fe jette dans un fau-
teuil, fe lamente, fe plaint de l'injuftice, de la dureté des hommes en
place, de l'indifférence des citoyens
pour ceux qui exercent ces mêmes
talens qu'ils idolâtrent. On éleve aux
cieux les arts, difoit-il, on dédaigne
les artiftes. On m'admire, mais on
m'abandonne; que faut-il faire? J'ai
travaillé pour la fatisfaction & l'utilité
de mes compatriotes, mes vers font
gravés dans leur mémoire, & je fuis

oublié ! Penfent-ils, en achetant un
livre, être quittes envers l'auteur ? Je
les ai vus fenfibles une fois, & ils font
tous devenus ingrats, parce que je fuis
pauvre & que je ne veux point ramper
fous eux. Les lâches ! les traîtres ! ils
ne m'ont offert leurs fecours que lorfque je n'en avois pas befoin. Izerben
attendoit de fon ami quelques paroles
confolantes, tout foible foulagement
que ce fût à fes maux, ou que du
moins il s'uniroit un moment à fa
douleur. Celui-ci lui déclara qu'il ne
trouvoit pas cette injuftice étrange,
lorfqu'on honoroit fi mal les médecins, jufqu'à fouffrir qu'on les jouât
fur la fcene, eux qui, malgré leur
ingratitude, fauvoient & les comédiens
& les fpectateurs des filets de la mort.
Il dit que les récompenfes publiques
appartenoient de droit à ceux qui
rendoient aux citoyens la fanté,, le
plus grand des biens, & que tout autre
ne devoit y prétendre qu'après eux.

Izerben ne put s'empêcher de répondre
que l'ingratitude envers les poëtes
étoit beaucoup plus injufte, attendu
que les médecins fe bornoient à favoir
guérir les maladies du corps, au lieu
que les poëtes guériffoient véritablement les maux de l'ame; qu'un beau
morceau de poéfie étoit une lecture
délicieufe qui chaffoit le froid ennui,
portoit la joie, le fentiment & la
gaieté au fond des cœurs, & qui ré-
pandant un charme intéreffant fur tous
les objets, les animant des couleurs
les plus vives, les plus touchantes,
appaifoit les paffions turbulentes par
fes douces peintures, faifoit fuccéder
la férénité au trouble, & enlevoit
ainfi l'ame à fes cruelles agitations. Le
médecin reprit avec cette aigreur que
l'homme dur a devant le malheureux,
que puifqu'il falloit trancher le mot,
les poëtes n'étoient que des bouffons
dévoués tour à tour aux fifflets & au
ridicule; que l'homme recommanda-

Ble étoit celui qui favoit compofer les gouttes, les élixirs, les quinteffences, les extraits des plus fubtiles propriétés de la nature; voilà, s'écrioit-il, l'art unique, l'art par excellence, l'art vraiment utile; mais, tout puiffant qu'il eft, je doute qu'il puiffe guérir le cerveau bleffé d'un poëte. Le médecin acompagna ces mots d'un rire affaffin & d'un regard fi cruel, que l'atrocité du coup fit peu d'impreffion fur Izerben. Plus furpris qu'indigné, il fe leva, tournant les yeux vers le ciel, déplorant la barbarie de fon femblable, & quitta cet homme heureufement né pour fon métier (1).

(1) On s'étonne parmi nous de ce que le peuple anglois fe plaife à entendre dans Sakefpear des foffoyeurs moralifer fur des têtes de mort. On peut voir à Paris un médecin plaifanter publiquement en diffequant un cadavre & en anatomifant ce qui fut le fiege du plaifir, & on peut fe rendre comme moi le témoin des ris de la refpectable affemblée les Anglois ne font donc plus fi étranges.

L'offensé, qui l'est injustement, se
juge intérieurement plus grand que le
lâche offenseur. Voilà le triomphe &
la consolation que l'on remporte dans
le malheur. Le caractere d'Izerben étoit
comme un ressort élastique qui se releve avec d'autant plus de force que
la main l'abaisse davantage. Il se voyoit
malheureux, mais en même tems au-
dessus de bien des hommes ; son ame
courageuse s'appuyoit sur elle-même ,
& il répétoit tout bas sa devise qu'il
avoit choisie dans sa premiere jeunesse :

Nos verò dulces teneant ante omnia Musæ !

Et repassant ses ouvrages , son imagination se trouvoit agréablement flattée. Il se vit , en sortant de sa rêverie ,
devant le logis d'un philosophe qui
donnoit publiquement des leçons de
morale. Ce philosophe traitoit les
matieres les plus élevées & faisoit retentir sans cesse dans son école les
noms de vérité & de vertu. Il avoit

lors un nombreux auditoire. Il prit
fantaisie à Izerben d'entrer. Il n'esti-
moit pas beaucoup ce philosophe,
mais il n'en témoignoit rien. Il trouvoit qu'il faisoit sonner bien haut des
maximes qui se trouvent répandues
dans tous les poëtes, où elles sont
encore embellies des charmes de l'élo-
cution, & bien plus propres à être
retenues. Il le regardoit comme un
écrivain subtil & froid, opiniâtre &
superbe, gourmandant le genre humain par orgueil, & ayant plus d'humeur que de raison. Il résolut cependant de l'écouter, car d'après autrui
il pouvoit dire de fort bonnes choses.
D'ailleurs Izerben comptoit s'amuser
de ses grands mots, de son débit
comique & des vapeurs de sa bile.

Notre philosophe, qui étoit pour
lors en chaire, avoit un air singulier,
un sang sec & allumé, une vivacité
dans le geste & dans le regard qui ne
s'accordoit gueres avec le sang froid

de la philofophie. Un feu malin
brilloit dans fes yeux. Il étoit né
railleur, cauftique même. Jadis il
avoit voulu jouer le rôle de Diogenes
& bientôt il s'en étoit laffé, car ce rôle
eft difficile, mais il en avoit retenu
le fiel & les épigrammes ; c'eft dans
ce dernier goût qu'il traitoit la philofophie, auffi la rendoit-il fort réjouif-
fante. Il plaifantoit à toute outrance,
affectant un ftyle laconique pour fe
donner le ton d'un oracle, & difant
très - nouvellement des chofes très-
ancienement rebattues. D'ailleurs pru-
dent avec licence, il entortilloit de
bonnes vérités fous des faillies vives &
piquantes, de forte que l'on ne
favoit fi l'on devoit rire ou crier au
fcandale. Il favoit ménager ainfi fa
gloire & fon repos. Il ne fe faifoit
volontairement des ennemis que parmi
les poëtes, le tout pour s'amufer de
leurs cris enfantins & les battre à fon
aife. Son œil perçant avoit diftingué

Izerben caché dans la foule. Il lui en
vouloit plus qu'à un autre parce qu'il
attiroit tout le peuple au théâtre , &
qu'en ce moment fa chaire étoit dé-
ferte. Il fit à ce fujet quelques tranfi-
tions fur les arts , & les comparant
entre eux felon le degré de leur utilité , il defcendit jufqu'à la poéfie.
Auffi-tôt prenant un fourire amer &
moqueur , il hauffa la voix , & dans fa
fureur , oubliant même de plaifanter ,
il s'écria en s'échauffant beaucoup :
oui , Meffieurs , tous les arts font
dangereux , excepté le mien , je vous
l'ai démontré : mais que dirai-je de la
poéfie ? C'eft la plus miférable invention de l'efprit humain , car elle eft
la plus contraire à la vérité , ne fe
nourriffant que de menfonges & de
fictions. Qu'eft-ce qu'un art qui fe
plaît à raffembler des chimeres , à
nous jouer par des illufions , à cor-
rompre nos cœurs par des peintures
dangereufes? Platon a été fage de ban-

nir Homere de fa république comme
un empoifonneur qui endormoit les
efprits dans l'oifive molleffe. Dès
que l'ame s'eft affoupie aux concerts
féducteurs des trompeufes fyrenes du
Parnaffe , elle devient inactive &
incapable de tout autre emploi. Heureux encore fi le poëte n'étoit qu'inutile ! mais quel citoyen eft plus funefte
à l'État ? C'eft lui qui fait paffer dans
l'efprit du peuple les fentences les plus
fauffes à l'aide d'un langage harmonieux & puéril. Il peint les paffions &
les rallume dans les cœurs par la force
de fon pinceau, lorfqu'elles font déja
affez terribles par elles-mêmes ; il
montre le frein qu'elles brifent, &
femble, en célébrant leur délire, anno-
blir leur excès. Eh, que font les héros
du poëte ? Des méchans, des fcélérats,
dont il compofe à loifir le caractere
pour développer les replis affreux d'un
cœur infernal aux yeux de l'innocence
alarmée. Quel exemple utile pour

ceux qui ont quelque penchant au crime ! Ils viennent admirer leur illuſtre modele & prendre des leçons de perfidie & de noirceur ! Quelle école pour de jeunes gens qui ne ſoupçonnent pas même le vice ! Qu'on leur donne une noble idée de l'homme en le peignant furieux & frénétique, immolant tout pour ſatisfaire une paſſion, & croire enſuite s'acquitter envers la vertu par quelques vains remords. Mais c'eſt peu : dans la ſociété le poëte devient un aſſaſſin qui ſe cache dans l'ombre ; il perce de traits inviſibles quiconque ne reſpecte pas ſon amour propre ; il ſe croit en droit d'exercer une publique vengeance, il calomnie l'homme tranquille & vertueux, & le livre à la riſée d'une populace inſolente. A la moindre querelle il répand ſur le papier la noire amertume qui le dévore ; le papier circule, & ſes lecteurs, échauffés par ſon ſtyle, deviennent auſſi méchans que lui. Je

m'arrête, je ne tournerai point mes
regards fur les horreurs que le poëte
chante ; je ne vous parlerai point de
ces vers licencieux qui portent d'âge
en âge la flamme impure de la débauche & préparent des crimes aux
races futures , je vois l'incarnat de la
pudeur fe flétrir devant le fouffle contagieux de l'exemple ; je vois . . . . . .
j'en frémis, les poëtes feuls en font la
caufe ; ils ont tous l'imagination cor-
rompue , la tête brûlée , le cœur
gangrené ; ils fe rendent tous juftice
en fe méprifant mutuellement ; & je
ne doute pas qu'au jour du jugement
dernier, l'ange noir ne les fépare à jamais de la compagnie des tendres
Houris !

Telle fut la violente fortie de notre
philofophe qui rioit du fupplice où il
mettoit le pauvre Izerben. Ce n'étoit
point cette folle déclamation qui dé-
foloit notre poëte , c'étoit d'entendre
les mêmes fpectateurs qui applaudif-

soient ses pieces au théâtre, battre des mains avec la même fureur à cette incartade. Izerben ne se possédoit plus, il abandonna l'inconséquente assem- blée. Au moment qu'il sortit, une joie maligne se répandit sur le front du philosophe, il lâcha encore quel- ques traits pour percer son ennemi qui fuyoit. Izerben exhala dans la rue sa colere, il maudit ces applaudisse- mens donnés sans choix & sans me- sure, ce tumulte, ce bruit d'un peuple ardent à s'amuser & à oublier ses pro- pres jugemens. Il médita une cruelle satyre contre les philosophes. Izerben n'étoit pas méchant, mais n'étoit-il pas excité à la vengeance ? Si elle est naturelle au cœur de l'homme, elle l'est bien plus au cœur du poëte. Eh, quel plus sensible outrage que celui qu'il venoit de recevoir ! Il avoit vu les yeux de l'assemblée tournés sur lui & jouir de sa peine, tandis que le fougueux orateur, tonnant sur sa tête,

triomphoit de fa confufion. Q[ue]
difoit Izerben, je me ferai tû fur[les]
vaines fubtilités de la philofophie,[je]
n'aurai point voulu prouv[er], qu'à l'[e-]
xemple des pédans, les philofoph[es]
s'échauffent ridiculement pour de[s]
opinions qui n'en valent pas la peine;
je n'aurai point dit qu'ils confonde[nt]
fans ceffe l'abus avec l'ufage, & qu'i[ls]
ne veulent jamais fe mettre dans l[e]
point de vue où les chofes paroiffe[nt]
ce qu'elles font; j'aurai refpecté [la]
médecine fans me confier au méd[ecin]
& voici qu'un homme qui réduit e[n]
pratique une fcience meurtriere, vo[ici]
qu'un fou mélancolique, dévoré [de]
jaloufie, m'infulte & calomnie m[on]
art! Ah! lâches, je ne vous ménage[rai]
plus, vous fentirez mes trait[s], cet[te]
vengeance me fera chere; ingra[ts]
vous ferez punis, je vous dévoilera[i]
& marqués d'un crayon véridiqu[e,]
le public jugera entre vous & m[oi.]

Trop agité pour rentrer chez l[ui,]

Izerb[en]

Izerben confentit à perdre le refte du jour ; c'étoit différer fa vengeance, mais il voulut fe dédommager de deux fcenes fi cruelles , & jouir du moins d'une foirée agréable. Il fe rendit dans une café fameux , où fe raffembloient tous les foirs les gens oififs & fpiri- tuels qui n'avoient d'autre affaire que celle de s'entretenir des artiftes & des beaux-arts. On y traitoit les objets de la littérature avec l'intérêt & la chaleur que les banquiers fur la place mettent dans leur pour-parler. Tous les triftes lébats des Rois , & ce torrent fugitif l'événemens qui renaiffent & qui meurent étoient paffés fous filence. Dans ce lieu on n'entendoit retentir que le nom des hommes célebres dans les arts , tous amis de la paix. On en voit fagement banni les converfa- tions politiques , comme auffi dange- reufes qu'inutiles. Ce lieu étoit plus redoutable que le parterre affemblé. La réputation des auteurs s'y jugeoit en

H

dernier reffort. On y caffoit les a....
d'un certain public , foit qu'il fe fû...
abandonné à une févérité déplacée...
ou à un enthoufiafme aveugle. De...
juges remplis de goût tenoient le tri...
bunal ; & leurs décifions, fondées fu...
des lumieres exquifes , influoient à le...
longue & avoient force de loi. L...
chacun défendoit fa caufe en plein...
liberté & avec tous les droits de fo...
éloquence ; on n'y connoiffoit poin...
cette petite tyrannie qui regne dan...
les maifons de prétendus amateurs...
où l'homme inftruit eft obligé d...
foufcrire à l'avis du fat ou de la petit...
maîtreffe qui tient le bureau. Du ch...
des opinions naiffoit ce vrai goût...
rare , parce qu'il eft obfcurci par l...
préjugés littéraires des demi-bea...
efprits & des auteurs mêmes , q...
d'après leur faire , ont un goût excl...
à celui de tout autre (1). Là enfin...

(1) Le vrai critique eft encore l'homm...
trouver ; tout poëte eft fon oppoff.

favoit apprécier l'homme de génie, on comptoit fes chef-d'œuvres & non fes écarts. Ce n'étoient point des vieillards, dont le cœur émouffé ne pouvoit s'ouvrir à des nouveautés heureufes, qui prononçoient ; c'étoient de jeunes gens qui jugeoient par fentiment, & qui embraffant les rapports les plus éloignés, ne connoiffoient pas le joug impérieux de l'habitude. Izerben en entrant, dit : je ne trouverai ici ni médecin, ni philofophe, le grand Prophete foit loué ! J'entendrai des connoiffeurs dignes de parler d'un art divin, & qui, connoiffant les difficultés de la poéfie, en favourent mieux les beautés. Il eut la précaution de fe gliffer fecrettement dans un coin d'où il put entendre fans être vu. Izerben avoit raifon. Un homme connu ne doit point affronter les yeux du public, fur-tout dans un lieu où il peut ouir fa cenfure comme fon éloge.

De même qu'on s'efcrime dans une

H ij

falle d'armes , où à peine un coup
porté qu'il est reparé, de même qu'p
y entend le cliquetis continuel d
fer qui se croise , ainsi les beau
esprits , aiguillonnés par les témoin
s'escrimoient de toute leur force. Un
réponse n'attendoit jamais l'autre
Point de ces momens de silence qu
tuent l'imagination. Heureux l'orga
souple , agile ! c'est une qualité d
femmes , & bien des hommes o
droit de l'envier? On parloit de to
sans confusion , mais avec rapidité
chacun plaçoit promptement un pe
échantillon de son esprit, l'un p
une réflexion vive , l'autre par u
saillie, celui-ci par un bon mot.
froid raisonnement , si vanté da
l'école du philosophe , étoit exclus
ce lieu, où l'enjouement présidoit
tems y étoit trop précieux pour dis
ter. On voltigeoit d'objets en obj
on effleuroit la superficie des chose
& quelquefois c'étoit assez pour

approfondit (1). On parla donc suc⸗
cessivement de comédiens, de pein⸗
tres, de sculpteurs, de musiciens, de
prédicateurs, d'artificiers, de philo⸗
sophes, de romanciers, de poëtes
enfin ; cette derniere classe est le sujet
le plus intarissable de tous. Il y avoit
force gens debout qui tous en rond
écoutoient ceux qui peroroient. Après
les auteurs du dernier siecle, dont les
solives de ce lieu doivent savoir les
noms, on tomba sur les auteurs nou⸗
veaux, & le chapitre enfin ne tarda
pas à tourner sur le fécond, l'aimable,
le brillant Izerben. Dès que notre
poëte entendit prononcer son nom,
son col s'allongea, & son ame atten⸗
tive passa toute entiere dans son
oreille. Jamais louange ne fut plus
belle & plus unanime. C'étoit l'ima⸗
gination la plus riante, la plus facile,
le bon sens le mieux orné, & sur-tout

(1) Voilà un café qui ressemble à un aréo⸗
page ; la difficulté est de savoir où il est situé.

H iij

le coloris le plus neuf & le plus féduifant. Il ne s'éleva qu'une difpute c'étoit pour favoir laquelle de fes pieces étoit la plus parfaite. Quel moment flatteur pour Izerben lorfqu'il entendit les uns défendre avec chaleur fes pieces les plus foibles, comme les autres louoient fes plus belles trouver encore dans celles-là des beautés innombrables, des difficultés vaincues, en réciter des morceaux entiers avec intelligence, & les applaudir avec tranfports ! Son cœur nageoit dans la joie. Il jouiffoit de la fenfibilité d'un peuple éclairé & de fa libre admiration. En ce quart-d'heure d'ivreffe, heureux & fatisfait, il oublioit fa mifere, il abjuroit la fatyre il pardonnoit au médecin & au philofophe, au-deffus d'eux comme audeffus de la vengeance. Il faut être poëte pour fentir toute la volupté d'une pareille fituation. Déja il ne pouvoit renfermer l'excès de fa joie ; fi on l'eût

regardé, on l'eût reconnu au contentement radieux qui brilloit fur fon
vifage ; fon œil étinceloit de plaifir,
fon pied frappoit la terre , tel que
l'impatient courfier que le frein jaloux arrête lorfqu'il eft prêt à partir
pour la victoire ; fa bouche s'ouvroit,
il alloit s'écrier : hommes de goût,
me voici, voici celui que vous aimez,
celui que vous daignez admirer, que
je vous embraffe, vous, mes véritables
amis!..... Il alloit, dis-je, fortir de
de fon coin obfcur, lorfqu'un petit
homme fendit la foule avec un air
de mauvaife humeur ; fon vifage
étoit rechigné, fa voix aigre, fon nez
& fon menton étoient abfolument
pointus, & il portoit une petite boffe
d'affez bonne grace. Il paffoit pour le
plus beau parleur du café. Parvenu au
milieu du cercle, il hauffa la voix, &
dit qu'Izerben étoit un affez bon poëte
à la vérité, mais qu'on pouvoit lui
reprocher nombre de plagiats, que

H iv

dans ſes lectures immenſes lui ſou-
avoit découverts , & qu'il ſe diſpo-
ſoit à en inſtruire le public dans un
ouvrage en trois volumes , qui dé-
voileroit authentiquement ſes larcins
quelque déguiſés qu'ils fuſſent ; il
ajouta que ſon ami Caphis étoit un
poëte bien ſupérieur à Izerben. C'eſt-
là , diſoit-il , un génie original qui
ne doit rien qu'à ſoi-même. Il a la
verve d'Ovide , le ſentiment de Pro-
perce , le badinage de Catulle , &
ſur-tout le *ſombre* qu'il a *créé* & dont
il eſt l'*inventeur* , reſpire dans ſon dernier ouvrage. C'eſt un homme à faire
quatre cens vers épiques dans un jour.
Vous verrez de lui un ſiége moderne
où il mettra du canon. Sa touche eſt
un peu dure, mais elle eſt fiere. Il
n'eſt pas puriſte , mais voyez auſſi
quelle chaleur dans cette ode de douze
cens vers ſur la naiſſance du Prince
de....&c. C'eſt du fond de ſon ame qu'il
arrache ces traits qui nous étonnent.

au lieu qu'Izerben leve un impôt sur
tous les ouvrages, étrangers ou na-
tionaux, profite de l'esprit des autres,
met à contribution toutes les langues;
c'est enfin le traducteur de tous les
peuples; traducteur heureux, je l'a-
voue, mais qu'on pourroit comparer
à une bouquetiere habile, dont la main
légere assortit admirablement des
fleurs cueillies de côté & d'autre &
qu'elle n'a jamais cultivées.

Izerben, qu'on faisoit si savant, ren-
tra dans son coin. Il s'attendoit que
quelqu'un de ses zélés admirateurs
alloit prendre sa défense. Ils convin-
rent, à son grand étonnement, que
Gaphis étoit un poëte plein de feu &
qui plaisantoit agréablement; qu'il
n'étoit pas, il est vrai, égal au grand
Izerben, mais qu'il en approchoit.
Comment s'il en approche, repartit
l'éloquent bossu! je soutiens moi qu'il
le surpasse infiniment, & c'est ce que
j'ai prouvé dans une dissertation lue

H v

& applaudie dans une académie dont
Izerben ne fera jamais, car on y aime
les efprits originaux. On fourit à ce
trait, mais fans aigreur. Auffi-tôt un
brillant étourdi couvert d'effences
qui jufques-là n'avoit fait que careffer
fes dentelles, profita d'un inftant de
filence pour dire que fon poëte favori
étoit Ben-Ali : oui, ajouta-t-il, j'idolâtre fes vers; j'en fuis fou, c'eft là du
délicieux, du raviffant ! comme il
rémue, comme il échauffe, comme
il peint une beauté qui fe pâme entre
les bras du plaifir, fon œil éteint &
fe rouvrant avec une douce langueur,
fes foupirs rappellant la volupté fugitive, & les tranfports d'une ame
anéantie fous les délices de l'amour !
on croit voir, on croit jouir... oh
c'eft-là un poëte ! & moi qui lis fur-
tout pour m'amufer, je le préfere à
tout autre. Alors mille voix s'élève-
rent & formerent un bruit confus. L'un
raifonnoit très-férieufement, tandis

que l'autre ne faifoit plus que plaifanter, fans que le premier s'en apper-
çût. Chacun foutint fon opinion
d'après fon goût ou fes préjugés. Les
efprits étoient échauffés & l'on ne
s'entendoit gueres. On ne favoit à qui
adjuger la premiere place. Las de dif-
puter fur les prééminences, on fe mit à
examiner quel étoit le genre qui devoit l'emporter fur les autres (1).

Le dépit fuffoquoit Izerben. Quel
fupplice ! Il eft forcé d'entendre l'é-
loge de fes rivaux ; & quels rivaux lui
oppofe-t-on ? un Caphis, poëte lâche,
diffus, toujours fécond & toujours
fec, fous la plume duquel s'accumu-
lent des milliers de vers, à peu près
comme les neiges s'amoncelent fur la
cime glacée des Alpes ; qui ne fait ni

(1) Examinez toutes les difputes qui occupent les hommes depuis le cedre jufqu'à l'hy-
fope, & vous verrez qu'elles ne font pas mieux
traitées : le tout fe réduit à dire *oui* d'un côté,
& *non* de l'autre.

H vj

écrire, ni commencer, ni finir. On
lui compare encore un Ben-Ali, fameux feulement par des vers de débauche, qui la font plus horrible
qu'elle n'eſt & qu'elle ne peut être,
& qui à coup ſûr n'eût été qu'un ſot;
ſans l'extrême dépravation des grands.
Izerben les haïſſoit ouvertement, parce
qu'ils attachóient à la poéſie un mépris qui ne devoit retomber que ſur
eux, & qu'ils augmentoient par le
déluge de leurs plats écrits les plaintes
que l'on formoit contre les poëtes.
Izerben ſe retira tout confus d'avoir
vu ſa gloire miſe en parallele avec
l'ignominie de ces rimeurs.

CHAPITRE XIV.

IZERBEN éprouve un dégoût paſſager.
Il reprend la plume & c'eſt pour ſon
malheur. Il eſt obligé de prendre la
fuite.

L<small>E</small> lendemain matin , Izerben qui
étoit habitué à l'art du ſoliloque , ſe
diſoit : quoi, les gens de goût ſont ſi
rares ! Nous ſuivrons des regles auſte-
res , meres du beau , & l'on ne nous
en ſaura pas plus de gré ! Le vulgaire
applaudira au médiocre comme à l'excellent, il ne faudra que l'émouvoir
pour réuſſir , car la perfection n'eſt
connue , n'eſt ſentie que du plus petit
nombre. Dans ce café ſi célebre , élite
de gens d'eſprit , il ne s'en trouve
que trois ou quatre qui ſoient vraiment connoiſſeurs. O peuple d'enfans !
D'après ces réflexions Izerben de-

vint chagrin. Bientôt il se sentit dé-
couragé. Un dégoût insensible le conduisit par degré à l'indolence. Son esprit se livroit à un sommeil irrésistible,
comme étant épuisé par ses longs travaux. Il s'en vouloit à lui-même de
cette inaction qu'il ne pouvoit vaincre,
& il étoit sur le point de se mépriser,
lorsqu'une querelle littéraire vint le
tirer de cette léthargie.

Des opinions nouvelles (1) que
d'autres nommoient hérésies, s'étoient
glissées dans la république des lettres.
Une nation vive, curieuse, & par
un contraste singulier, paresseuse en
fait d'invention, se livre d'autant plus
ardemment aux nouveautés qu'elle
espere moins en avoir. Il ne s'agissoit
pas dans cette querelle de couvrir de
ridicule un hypocrite orgueilleux, ou

(1) Sans quelque novateur hardi qui de
tems en tems apprend à la nation à penser,
le genre humain ne seroit qu'un troupeau de
moutons qui pendant des siecles suivroient
imbécillement la route battue,

de favoir fi tel écrivain étoit un méchant ou un fot ; il étoit queftion de
points plus importans, tels que ceux-
ci : Si après avoir eu les oreilles fati-
guées des grandes infortunes de héros
qui nous font étrangers, on pouvoit
nous faire verfer des larmes plus
douces fur les malheurs domeftiques
qui nous intéreffent de fi près. Si un
acteur qui déclamoit avec pompe, fans
nuire à la vérité, devoit l'emporter
fur un autre qui parloit avec naturel
fans être voifin de la familiarité. Si
dans une tragédie, tout l'appareil ma-
jeftueux qui parle fi fortement, valoit
l'élégance du ftyle qui ne fe fait fentir
que dans le cabinet, & fi vingt beaux
coups de théâtre étoient plus rares
qu'un trait de fentiment. Si un
homme de génie dans un ouvrage de
génie pouvoit, facrifier le joug im-
portun de la rime, en remplaçant
cette beauté acceffoire par des beautés
plus neuves & plus vraies. Si enfin il

étoit possible d'avoir une comédie
réellement dans nos mœurs, lorsque
nos mœurs n'avoient plus de physio-
nomie, n'étant plus qu'un mélange
de vices bas & de ridicules d'un jour,
également changeans, également peu
propres à être saisis, encore moins à
être mis sur la scene.

Toutes ces questions intéressoient
trop Izerben pour qu'il ne reprît pas
la plume. Il avoit en tête un écrivain
singulier, piquant, ingénieux. Le public tournoit d'avides regards sur les
deux combattans. Izerben sentit de
nouveau l'aiguillon de la gloire. Il
étoit animé encore par un autre motif;
il en venoit aux mains avec une
espece de philosophe. Son adversaire,
comme un nouveau Protée, tantôt
flamme, tantôt serpent, prenoit mille
formes pour échapper à ses mains : mais
Izerben sut le dompter & détruire ses
prestiges par l'autorité du goût & de
la raison. Son triomphe fut la cause

de fa nouvelle difgrace. Le Miniftre Aliacin, qui n'étoit pas guéri de la fureur du bel efprit, avoit pris parti dans ces importantes querelles, & avoit juftement embraffé les opinions de l'adverfaire d'Izerben. Indigné de ce que le poëte eût ofé combattre ce qu'il avoit décidé au coin de fa che-minée, il envoya Izerben en prifon, pour lui apprendre à avoir un avis différent de celui d'un Miniftre (1).

Notre poëte, martyr de l'orgueil d'un grand, refta neuf mois enfermé dans une dure prifon. On lui refufa plume, encre, papier, comme des armes trop dangereufes entre fes mains : mais s'il n'écrivit pas il réfléchit beaucoup. Un abus auffi indigne de l'autorité enflamma fon courage. C'eft

(1) Colbert fut le Miniftre qui récompenfa le plus dignement les gens de lettres, parce que fe jugeant incapable de les apprécier, & non moins grand, il écoutoit la voix publique qu'on daignoit confulter alors.

le propre des ames fortes & fenfibles
de devenir plus fieres fous les traits
de l'injuftice. Izerben , loin d'être
abattu , brava feul le torrent de fes
ennemis. Il fortit de fa prifon. Ce
n'eft plus cet homme fi doux qui ,
fier & tranquille , ne médifoit que des
poëtes ; c'eft un lion étincelant de fureur qui fort de l'efclavage. Las des
outrages de fa nation , irrité de s'être
vu humilié parce qu'il étoit à la fois
célebre , pauvre & vertueux , l'indignation pénétra cette ame fuperbe. Il
fe vengea du mépris qu'on ofoit avoir
pour fa perfonne par un mépris plus
fier & plus légitime. Il réfolut de dé-
mafquer fes ennemis , de raffembler
fur leur front ténébreux les traits de
la vérité , de les livrer publiquement
à la confufion qui devoit être leur
éternel partage. Il ne s'acquitta que
trop bien de ce terrible emploi. Malheureux ! il alla plus loin. D'autant
plus téméraire qu'il avoit d'abord été

plus modéré, emporté par fa vengeance , aveuglé par fon couroux , il
foula aux pieds & fouetta cruellement fon ingrate patrie. Il lui repro-
cha fa petiteffe , fa frivolité, fa dure
infenfibilité. Il lui fit voir fon igno-
rance fous un vernis de favoir , fa barbarie fous une apparence de politeffe,
fa vanité miférable fous un mafque de
grandeur , fa bêtife enfin fur fes véritables intérêts , toujours méconnus
ou facrifiés par fon étourderie. Mais
que gagna-t-il en contentant fi im-
prudemment fa vengeance ? Une perfécution horrible. L'orage fe forme,
fa perte eft jurée. Il s'étoit vengé à
front découvert, fes ennemis fe ven-
gerent en lâches. Il avoit bravé un
peuple d'adverfaires hautement ; &
ces cœurs ténébreux, par leurs fourdes
intrigues, furprirent un de ces coups
d'autorité qui ne laiffent à l'opprimé
ni défenfe, ni juftification. On lui
fignifia, comme une grace particuliere,

l'ordre de fortir du royaume dans
l'efpace de vingt-quatre heures. Izerben reçut ce coup avec indifférence,
difons plus, avec une forte de joie. Il
dédaigna le fort qui l'écrafoit, fecrettement flatté des traits dont il avoit
percé d'indignes ennemis. Sa hauteur,
fa fierté parurent dans tout leur éclat,
au moment que tous les revers ve-
noient fondre fur lui ; il alla jufqu'à
croire qu'il feroit regretté. Sa patrie
ne lui coûta pas un foupir , il la regarda comme indigne de le poffféder,
ou plutôt il la quitta comme on quitte
une maîtreffe perfide. La force du fa-
crifice nous cache à nous-mêmes notre
propre douleur.

Izerben s'imagina que la multitude
le plaindroit (1) , & que le malheur
augmenteroit fa renommée. De plus,
il efpéroit jouir d'un deftin plus heureux fous un autre ciel. Il atten-

(1) J'aime mieux entendre un grand homme
injurié que de le voir plaint par certaines gens.

doit des étrangers une confidération que lui refufoient fes concitoyens ; il fe flattoit que fa gloire feroit plus éclatante, banni, & reçu chez un peuple voifin, moins envieux & plus fenfible.

Voilà ce poëte illuftre tant de fois applaudi & couronné de lauriers, & dont la renommée brillante fembloit digne d'envie ; le voilà, comme un obfcur criminel, fortant pendant la nuit d'une ville remplie de fon nom, d'une ville le théâtre de fa gloire. Caritès, le feul Caritès accompagnoit fes pas. Caritès pleuroit & difoit tout bas : voilà donc où conduit la poéfie. Caritès ferroit fon frere dans fes bras. Caritès lui donnoit le peu d'argent qu'il avoit ; & s'écrioit d'une voix étouffée : ô mon frere ! mon cher frere ! Izerben ferme, inébranlable, l'œil fec, le vifage ferein, ne formoit pas la moindre plainte. Il encourageoit fon frere, lui fourioit avec douceur, & le confoloit de fa propre infortune,

Après une marche de dix lieues ils s'embrasserent pour la derniere fois & se séparerent. Carités tourna vingt fois la tête en essuyant ses larmes. Izerben lui cria de loin : *ami , du courage , ma fuite est un triomphe !*

Le comble de la bassesse est d'attaquer un homme assez malheureux pour s'être vu livré à la peine des loix. Oser parler, oser frapper quand elles ont prononcé, c'est imiter ce bourreau qui insultoit à celui qui étoit condamné à mort. Il se trouva cependant des écrivains assez lâches pour le poursuivre encore & triompher éloquemment de sa fuite. On vit couler de leur plume les injures les plus grossieres, les imputations les plus contradictoires ; elles s'accréditerent dans l'esprit de la multitude, & Izerben qui n'avoit été qu'imprudent, fut regardé comme un scélérat.

CHAPITRE XV.

IZERBEN se refugie dans un royaume voisin. Etat des lettres en ce pays. Il fait rencontre d'un moine qui lui lit un poëme. L'effet de ce poëme.

Où se refugioit Izerben ? C'étoit dans le royaume de * * *, asyle ordinaire des gens de lettres infortunés. Un Roi fameux par son génie vaste, les protégeoit & les récompensoit. Il aimoit les hommes illustres autant que ses soldats ; mais il étoit assez disposé à les traiter de la même maniere. Izerben, jaloux de sa liberté, redoutoit l'approche de son trône, tout bienfaisant, tout héros, tout aimable qu'étoit ce Monarque (1). Il changea

(1) Le comble de la générosité d'un Souverain est de récompenser un écrivain & de consentir en même tems qu'il s'éloigne de sa Cour.

de nom en arrivant & attendit un
moment favorable pour fe faire connoître. Il n'étoit pas pas fâché de favoir par lui-même ce qu'on penfoit de
fa perfonne & de fes écrits chez l'é-
tranger. Il s'étoit imaginé que les arts
qui commençoient à naître dans ces
climats auroient des admirateurs plus
paffionnés. Il trouva les chofes bien
différentes de ce qu'il s'étoit promis.
On avoit dans le royaume de * * * une
haine cachée pour les Arabes. On
accueilloit leurs fciences & leurs arts
devenus néceffaires aux nations, &
en même tems tous les cœurs étoient
dévorés de la plus baffe jaloufie contre
leurs bienfaicteurs La différence de
religion allumoit encore cette ani-
mofité fecrette. Izerben n'entendit
parler de lui que comme d'un homme
qui avoit des principes dangereux &
qu'on venoit de chaffer pour fes
crimes. Il ne fe rebuta point & fe mit
au deffus des vains difcours d'un
peuple

peuple peu inftruit des aventures de
fa vie.

Izerben rechercha la connoiffance
des lettrés du pays fans fe découvrir à
eux. Qu'il fut étonné des airs qu'ils fe
donnoient au fein de leur foyer !
Combien encore il fut furpris de leur
trouver un mérite fort mince, après
tout l'étalage de leur favoir ! Ils avoient
prefque tous l'efprit infecté de préjugés fcholaftiques ; gonflés d'une inutile
érudition, privés de la moindre étin-
celle de goût, opiniâtrement attachés
à des regles pédantefques, ils juroient
par les anciens qu'ils n'entendoient
pas & dédaignoient tout ouvrage moderne. N'avoient-ils pas ridiculement
pofé les bornes de l'art, tandis que la
carriere du génie eft immenfe ! Izerben vit que l'orgueil de ne pas revenir
des préjugés de fa jeuneffe, & que la
pareffe d'examiner de nouvelles beautés pouvoient rendre des lettrés auffi
injuftes & auffi infenfibles que des fots

I

Il ne jugea pas à propos de décliner
son nom devant des gens qui dans leur
triste prévention banniſſoient tout ce
qui n'avoit pas dix ſiecles d'antiquité.

Cependant il fit rencontre d'un
moine qui louôit des auteurs vivans.
Ce moine plut extrêmement à Izerben. Son éloquence étoit facile & vé-
hémente, il paroiſſoit ſe pénétrer des
belles choſes, il donnoit des éloges
de ſi bon cœur à ce qui lui ſembloit
louable, il s'échauffoit tellement pour
les écrivains qu'il admiroit, qu'Izerben, charmé de cette noble ſenſibilité, crut pouvoir s'ouvrir à lui & ſe
déclarer à ſes yeux, à ſes yeux étonnés, ce poëte, ce même poëte dont la
renommée étoit ſi étendue. Il s'attendoit à jouir de ſa ſurpriſe & des tranſ-
ports de ſa joie.

Le lendemain il alla le trouver dè
le matin dans ſa cellule. Il lui fit de
complimens ſur ſon goût pour l
arts, & l'aſſura qu'il le diſtingué

parmi les lettrés de la ville (c'étoit
peut-être la premiere fois qu'Izerben
louât quelqu'un). Enfuite il fit tomber habilement la converfation fur la
poéfie des Arabes. Le moine, pour
fe rendre plus digne du titre heureux
d'homme de goût que l'étranger venoit de lui décerner , dit avec fa fran-
chife groffiere & fon ton rapide : moi,
je n'aime point les poëtes arabes; la
poéfie de ce peuple eft contrainte, ma-
niérée, monotone, dépourvue de cette
fierté de pinceau qui brille chez les
autres nations. . . . . Il eft cependant,
répartit notre poëte qui gardoit l'in-
cognito , un certain Izerben qui a fait
du bruit , & qui , je crois. . . . . . le
connoiffez-vous. . . . ? Bon , fi je le
connois , reprit le moine : la collec-
tion complette de fes œuvres m'eft
parvenue depuis un an , je l'ai lue
prefque entiere. Je ne m'étonne pas
de ce que cet Izerben a fait fortune
chez les Arabes ; il a dû néceffaire-

ment éblouir une nation auffi fu...
Il a de la facilité , de l'imaginati...
du talent ; mais du génie , oh , poin...
Ses vers font fonores , brillants , ...
fouvent ce ne font que des mots ...
lodieufement arrangés. Il y a beau...
coup de clinquant dans cet Izerbe...
Si vous êtes aveuglément idolâtre d...
ce poëte, je vous prêterai toutes les cri...
tiques où l'on releve avec goût fe...
défauts , fes plagiats , fes erreurs...
toutes critiques excellentes , pleines d...
fel & de raifon , & plus curieufes...
plus inftructives que fes ouvrag...
mêmes. J'accorde à Izerben de l'ef...
prit ; mais l'efprit fuffit-il pour fai...
un poëte ? Quelle fureur d'écri...
fans génie ! Eft-ce ainfi que compo...
foient Homere , Virgile , Horace?...
que veulent dire ces audacieux mo...
dernes , ces pigmées qui dans n...
langue pauvre, inflexible, monoton...
ofent emboucher la trompette d...
fiecle d'Augufte ? Ils n'en tirent ...
des fons foibles , difcordans. Ils ...

la rifée de ceux dont l'oreille accoutumée à l'harmonie des anciens, favent
combien le génie eft rare, & combien
de petits finges imitateurs font ridicules! Vous me paroiffez un homme
inftruit qui aimez la belle latinité, cette
langue faite pour braver les fiecles,
parce qu'elle poffede des ouvrages
auffi univerfels que parfaits; c'eft la
vraie langue de la poéfie, vous l'a-
vouerez fans peine. On ne doit faire
que des vers latins, car tous les autres périront. (Izerben ftupéfait ne difoit mot) Eh bien, je vais vous lire
un poëme qu'on diroit être du tems
d'Augufte; un poëme dont le ftyle
fublime égale prefque le fujet, un
poëme qui fera l'admiration de la
terre & qui touchera infailliblement
l'efprit & le cœur des peuples les plus
endurcis, un poëme enfin *de veritate
Religionis chriftianæ*, de la compofi-
tion de Frere Ifidorius! Ce poëme eft
un tréfor. J'en fuis le dépofitaire uni-

que. L'auteur est mon ami intime ; je
veux vous le faire connoître., & si je
vous lis son ouvrage , c'est une grace
que je ne fais à personne ; mais , à
cause de vous, je passe sur la regle que
je m'étois prescrite ; en achevant ces
mots il courut à une armoire secrette ,
d'où il tira un immense rouleau de
cahiers. Izerben pâlit à cette vue.

Le moine , sans s'appercevoir de la
gêne cruelle où il mettoit son auditeur , se mit à déclamer , ou plutôt à
mugir ce fameux poëme latin. Dès
les premiers vers Izerben fut choqué
du mêlange barbare de style qui y régnoit. Je ne parle point de l'enflure,
du gigantesque , du galimathias , partage ordinaire des poëtes cloîtrés. Tous
les vers étoient autant d'hémistiches de
Virgile, d'Horace, de Lucain, d'Ovide,
de Stace même , pillés & ridiculement rassemblés. Le moine faisoit
gronder ces vers d'un ton emphatique,
& s'écrioit à chaque tirade : eh bien, n

eft-ce ainfi qu'écrit ce frivole Izerben?
Répondez, répondez : quel poëte que
ce frere Ifidorius ! quel feu ! quelle
élégance ! quelle nobleffe ! quel auteur
divin ! Nous dînerons avec lui au
moins , vous l'entendrez lui-même ,
ce génie merveilleux. . . . . . Pourfui-
vons, écoutez. . . . . & il continuoit ,
toujours heurlant dans fa frénétique
admiration , & il affaffinoit le malheureux Izerben, qui, plus mort que
vif, difoit tout bas : il femble que la
fortune fe plaife à inventer les coups
les plus cruellement ingénieux pour
déchirer mon cœur trop fenfible. Le
moine entêté pouffa même les chofes fi
loin, qu'Izerben crut un moment en
être reconnu,& que ce moine vouloit
fe divertir à fes dépens. Enfin, trop
fûr d'un malheur irréparable, trompé
dans fon dernier efpoir, menacé encore de dîner avec Frere Ifidorius , il
fe leva , laiffa le moine fans lui dire

I iv

un feul mot , & partit le même jour
du royaume de * * *.

CHAPITRE XVI.

Ce que devient IZERBEN. *Il compofe*
un poëme épique d'un genre nouveau.
Il tombe malade & eft conduit dans un
hôpital.

PÉTRIFIÉ de cette derniere aventure, fon orgueil fentoit tout le poids
d'une humiliation même paffagere. Il
avoit pu braver le courroux d'un
peuple conjuré , & il n'avoit pu foutenir le mépris d'un moine ignorant.
Le bruit de la renommée n'environ-
nant plus fes pas , fon ame étoit
anéantie. L'abattement s'empara de
fon cœur ; il éprouva cet abandon de
foi-même , ce dégoût de la vie qui
eft le dernier période du malheur. Izer-

ben tint long-tems une route incer-
-taine ; peu lui importoit les lieux où
il fe trouveroit , puifque fon nom y
étoit inconnu ; peu lui importoit fa
propre exiftence , puifqu'il fe voyoit
confondu parmi la foule des hommes
obfcurs. Il erra fans deffein , promenant au hafard fa trifteffe. Toujours
guidé par elle , il paffa un vafte trajet
de mer , & fe trouva au milieu d'une
colonie d'Efpagnols à moitié fauva-
ges qui habitoient le penchant des
montagnes.

Izerben fe vit parmi des hommes
barbares , formés de vingt peuples
divers , qui , fans arts & prefque fans
loix , vivoient de leur chaffe & du la-
bourage de leurs terres. Ce peuple
avoit quelques vertus ; mais il étoit
dur envers les étrangers , féroce envers fes ennemis , d'ailleurs fier ,
hardi , indomptable , jaloux de fa liberté , & la confervant fur des rochers qui fleuriffoient cultivés par des

I v

mains libres. Sa férocité , principe
de sa force , le rendoit redoutable
à ses voisins. Parmi ces hommes dont
les passions étoient extrêmes , Izerben atteignit le plus haut degré de
l'infortune. Le peu d'argent que lui
avoit donné Carités étoit dépensé.
Comment parer désormais à des besoins sans cesse renaissans ? Il étoit
fort inutile qu'il dît à ces Espagnols
qu'il étoit le renommé , le fameux
Izerben. Ces gens-là s'embarrassoient
bien s'il y avoit un Izerben au monde.
Les vers les plus sublimes n'étoient
d'aucun prix à leurs yeux , & le plus
beau poëme épique ne valoit pas en
ce pays un morceau de pain. On y
auroit même troqué une douzaine de
poëtes contre une bête à cornes. Si
l'imprudent Izerben vouloit se préser-
ver de la faim , il falloit qu'il se sou-
mît aux ordres d'un rustre sauvage ,
qu'il labourât son champ & gardât ses
troupeaux. Il obéit sans murmure à la

dure loi de la nécessité ; il savoit qu'il faut plier sous elle & s'affermir chaque jour dans ce courage nécessaire au milieu d'une vie orageuse & soumise à tant d'accidens imprévus.

Izerben redoutoit moins l'affreuse pauvreté qu'une légere atteinte à sa gloire. Il devint donc gardien de troupeaux sans en rougir, se souvenant qu'Apollon, banni des cieux, avoit rempli le même emploi. S'il ne put parvenir, comme ce Dieu, à adoucir les mœurs barbares de ses compagnons, il conçut un projet plus grand encore, celui de les chanter & de les immortaliser ! Oui, pauvre, avili, asservi sur des bords étrangers, il sentoit encore les feux de la gloire réchauffer son cœur. Depuis long-tems il cherchoit un sujet nouveau qui pût prêter au développement de beautés neuves, intéresser & frapper par son coloris. Cette vie étonnante d'un peuple bisarre, ses mœurs altieres, ses

coutumes fi éloignées des nôtres , fes
amours emportés & dans toute l'énergie de la nature , fon courage indomp-
té , fon indépendance guerriere & ce
contrafte d'un culte timide & fuperfti-
tieux ; tout , dis-je , lui parut propre
à former un poëme neuf , pittoref-
que , modelé fur l'homme fauvage &
intéreffant par fa fingularité & fa
touche hardie.

Izerben ne fongea plus à s'échapper
du milieu de ce peuple. Il l'étudioit
dans fes fêtes , dans fes jeux & fes
danfes publiques. Tout frappe l'œil
attentif de l'homme de génie. Cette
longue chaîne de rochers où fa vue
fe perdoit , ce ciel brûlant & ora-
geux , ces plantes nouvelles , ces fruits
falutaires qui croiffoient à côté des
poifons , cette nature à la fois brillante , groffiere & majeftueufe , & plus
que tout cela , les travaux opiniâtres de
la main de l'homme, imprimés fur des
rocs inacceffibles , éleverent , enflam-

merent fon imagination. Elle fentit un nouvel ordre de chofes fe déployer à fes vaftes regards, elle plana fur un nouvel univers & moiffonna des images auffi fortes qu'inconnues.

Izerben avoit fouvent réfléchi que tous les poëmes épiques ont la même phyfionomie, qu'ils portent les principaux traits de celui qui leur donna le jour (1). Pour rencontrer des beautés neuves il ne fuivit pas une route fervile, il ofa créer des regles; indépendant, il n'obéit qu'à fes propres loix; fon œil, qui avoit vu l'enfemble, prit une marche conforme à fon fujet. Irrégulier & toujours grand, il imita le défordre de la nature, il peignit tous les objets fans confufion, &

(1) Je fuis loin de vouloir attenter à la gloire d'un grand homme que perfonne n'admire plus que moi : mais je dirai que je n'ai point encore lu un véritable poëme épique arabe. J'en attends un d'un autre homme de génie qui médite un plan plus étendu.

préfenta une fcene fimple & variée
qui fe modifioit à l'infini. Tel eft le
libre effor de la poéfie. En effet, où
fe plaît-elle à repofer? Eft-ce parmi
des peuples enfermés dans des villes,
ou parmi des hommes qui, voifins des
cieux, habitent la pointe des monts?
Eft-ce au milieu des mœurs factices
& trompeufes, ou des mœurs primi-
tives & vraies de la nature? Se plaît-
elle à chanter l'efclavage ou la liberté?
N'eft-elle pas plus fiere en fuivant des
guerriers nus, montés fur des courfiers
écumans qui graviffent, qu'en peignant les jeux tranquilles d'un peuple
civilifé? C'eft parmi l'indépendance,
le tumulte, l'emportement, le choc
rapide d'intérêts oppofés; c'eft parmi
les paffions extrêmes qu'elle aime à
élever fa voix; c'eft-là qu'elle eft
grande, forte, majeftueufe.

Combien l'idée de ce poëme flatta
fon auteur infortuné! Outre mille tableaux pleins de force, il y trouvoit

le plaisir si consolant de parler de soi-
même , & l'occasion d'une épisode
touchante , quoique contre les regles ,
où il exposeroit ses malheurs & qu'on
lui pardonneroit en essuyant ses larmes.
Il bannit le merveilleux , ressource
ridicule de l'art lorsqu'on sent la nature. Il peignit d'après elle les maîtres
impérieux dont il étoit l'esclave ; il
sourioit de leurs caprices en songeant
qu'ils seroient un jour gravés en traits
ineffaçables. Il immortalisa leurs vertus & leurs vices , sans qu'ils soupçon-
nassent cette immortalité qu'il leur accordoit.

Izerben demeura volontairement
dans la captivité pour jouir sur les
lieux de ces modeles vivans qui sou-
tenoient sa verve & son imagination.
Assis sur un roc élevé , environné de
plaines immenses où mugissoient des
troupeaux , il mesuroit de l'œil la
scene intéressante de ses vers , il donnoit l'essor à sa rapide pensée , il chan-

toit une nature fauvage & l'avoit fous
les yeux, il chantoit & les heures
fuyoient, & le contentement habitoit
fon cœur & fe peignoit fur fon front.
Abforbé dans un charme inexprima-
ble; il paroiffoit ftupide aux yeux de
fes ftupides compagnons. Il contem-
ploit de loin leurs jeux effrayans, leurs
danfes bifarres, leurs feftins fanglans;
il ne s'y mêloit pas pour mieux les
décrire. Il retiroit cet avantage de la
poéfie, que trompant fon efclavage &
fon exil, il paffoit des momens délicieux où un autre n'auroit ceffé de
gémir. Que dis-je ! dans fa profonde
mifere, il fe fuffifoit à lui-même, fe
promenant feul avec fon imagination,
jouiffant des objets fucceffifs qu'elle lui
préfentoit; heureux par elle, enten-
dant à quatre cents lieues les applaudiffemens que fon poëme devoit arracher à fa nation, voyant la poftérité
le plaindre en l'admirant, & le mettre
au rang des hommes non moins illuf-

tres par leurs malheurs que par leurs écrits.

Mais lorſque ce poëme fut achevé, quel chagrin s'empara de ſon cœur ! Il regarda triſtement autour de lui, & ne voyant perſonne à qui il pût le lire, il tomba preſque dans le déſeſpoir. Il ne pouvoit pas le faire paſſer dans ſa patrie. Quelle cruelle ſituation ! A quoi étoit-il réduit ? Hélas ! à le déclamer ſeul devant des chênes antiques, tandis que les vents agitoient ſur ſa tête leur cime ondoyante ; il s'enfonçoit dans des bois ſolitaires , mêlant ſa voix aux torrens, frappant l'écho de ſes vers hamonieux, ſa voix majeſtueuſe retentiſſoit ſeule dans les vaſtes forêts : alors l'enthouſiaſme rempliſſoit ſon ame , & dans un ſaint reſpect il s'admiroit lui-même.

Il avoit employé ſept ans à compoſer ſon poëme , ſept ans qui s'étoient écoulés comme l'ombre , ſept ans pendant leſquels il n'eut pas le tems de s'appercevoir qu'il étoit eſclave , tant fon cerveau étoit embrafé de ſon ſujet : mais auſſi-tôt que ſon g... n'eut plus d'aliment, que ſon magni- fique deſſein fut exécuté, que ſa verve fut tarie ; impatient de jouir du fruit de ſes travaux, il frémit de l'eſpace immenſe qui le ſéparoit de ſa patrie. Il lui pardonnoit ſes injuſtices, à con- dition qu'elle conſentiſoit à l'écouter. Les applaudiſſemens qu'il avoit reçu troublerent ſon ame, & ces louanges, quoiqu'interrompues par les clameurs de l'envie, lui parurent la choſe du monde la plus flatteuſe & la plus né- ceſſaire au bonheur. La défenſe de re- paroître ſur le théâtre de ſa gloire, lui ſembla dès-lors cruellement ... & horrible. Il ſuccomboit à ... affreuſe de mourir dans un ... connu & de n'avoit pas ſon épita..., gravée dans un temple public. La d... leur, l'âge qui commençoit à s'app... fantir ſur ſa tête, l'épuiſemens ... forces, cauſé par un ſi long travail le jetterent dans une maladie dange...

reufe. Il étoit mourant , & s'il gémiſſoit , c'étoit moins ſur lui-même que
ſur le ſort de ce poëme , qui au moment de ſa naiſſance alloit périr enſe-
veli dans un immenſe déſert ; lui dont
la deſtinée étoit faite pour être ſi
brillante, lui qui devoit parcourir le
monde ſur les aîles de la renommée.
Le malheureux Izerben , abandonné
de tous, parce que ces durs Eſpagnols
ne connoiſſoient l'humanité qu'envers
leurs compatriotes , périſſoit, ſi un
marchand d'Arragon , voyageant par
haſard dans ces lieux , & frappé de ſa
phyſionomie qui n'étoit pas commune,
ne ſe fût attendri ſur ſon état. Cet
homme généreux lui donna les ſe-
cours néceſſaires. Obligé de partir , il
ne voulut pas le laiſſer à la merci
d'hommes inhumains, & il le fit à ſes
frais tranſporter dans un hôpital, où
il le recommanda : mais voilà tout
ce que ſa compaſſion lui permit de
faire en ſa faveur.

Peindrai-je ici ce poëte infortuné, pâle, languiffant, couché fur la paille, plongé dans un air contagieux, refferré dans un lit de mourans, refpirant la funefte haleiñe du trépas, ayant fans ceffe devant les yeux fon horrible image, attendant le coup mortel & le fouffrant mille fois fans le recevoir! Le voilà cet homme diftingué par fon génie, le voilà confondu parmi les hommes les plus avilis. Il boit un peu d'eau qu'on lui verfe avec épargne, mais il fupporte courageu-fement l'adverfité; il ne gémit pas en voyant d'autres hommes fouffrir à fes côtés, il ne murmure pas de porter le fardeau commun de la dou-leur; s'il fe fouvient qu'il eft poëte, il n'oublie pas qu'il eft homme, c'eft-à-dire, le frere de ces infortunés, foumis à la même loi, aux mêmes peines, aux mêmes maux. Son corps eft abattu, fon ame eft élevée. Du fein de ce lit funebre, où la mort fufpend fon dard,

il fait parler une voix foible, mais sublime, pour confoler & encourager fes
compagnons : mais ô vanité ! expirant
lui-même, il jouit du plaifir de les voir
foulever leur tête appefantie , & paroître fenfibles aux derniers traits de
fon éloquence.

Il ne mourut pas. Le manque de
médecin ou la Providence le fauverent.
Il ne fe rétablit pas tout de fuite ; mais
peu à peu la nature acheva fon ouvrage , & il reprit fes premieres forces.
Pendant le tems de fa maladie il n'a-
voit pas abandonné ce poëme fi cher,
l'ayant toujours porté fur lui , & s'é-
tant oppofé à tous les efforts de ceux
qui avoient voulu le lui ôter. Il le
relifoit pendant fa convalefcence , &
la fanté accouroit plus promptement ;
une joie nouvelle couloit dans fes
veines & dilatoit fon cœur. Son exé-
cution lui parut cent fois plus belle.
Il étoit fatisfait d'être revenu à la vie,
& remercioit le Ciel de lui avoir accordé le tems de le publier. Que la

mort à laquelle il venoit d'échapper,
lui parut affreuse, lorsqu'il songeoit
que son tombeau auroit infailliblement été celui d'un poëme si parfait!

CHAPITRE XVII.

*On rappelle IZERBEN. Il publie son
poëme. Jugement qu'il porte de la
littérature moderne & de ses héros.*

C'EST une consolation pour un peuple opprimé de voir ces mêmes Mi-
nistres qui le traitoient avec hauteur
& inhumanité, renversés tout à coup
d'un souffle. Alors il rit de la chûte
honteuse de ces tyrans passagers, & leur
rend le mépris dû à leur insolence
passée & à leur impuissance présente.
Aliacin, étoit tombé & la joie publique
avoit triomphé de son vain désespoir.
Son successeur, comme de raison, pour
premier acte de son pouvoir, détruisit
absolument tout ce qu'avoit fait son

prédéceſſeur. On n'oublia pas même Izerben : il fut rappellé, uniquement parce qu'il avoit été exilé. Il ne fut point inſenſible au plaiſir de revoir cette patrie, où ſes longs malheurs pourroient intéreſſer. Il lui pardonna même ſon ingratitude, à condition que plus juſte elle applaudiroit à ſon poëme, ce dont il ne doutoit pas, eſpérant que le charme de ſes nouveaux vers vaincroit ſon inſenſibilité. Il alloit s'offrir devant des juges ſuperbes & dédaigneux, il eſt vrai, mais enfin qui le liroient.

Izerben arriva plein de joie & triomphant ; il voloit au devant d'une gloire nouvelle : mais au ſecond coup-d'œil quel fût ſon étonnement ! Tout étoit bouleverſé dans la littérature. Les anciennes regles étoient détruites, de nouvelles opinions étoient reçues. Le goût émouſſé du public n'étoit plus que fantaiſie. Un déluge d'écrits nouveaux qui s'effaçoient l'un l'autre,

laiffoit l'efprit incertain & fâche...
Les artiftes défefpérant de match...
fur les pas de leurs prédéceffeurs, ...
toient éloignés de la belle nature, ...
pour comble de malheur quelq...
beautés réelles couvroient leurs dé...
fauts qui alloient perdre le goût de l...
nation. Il étoit devenu arbitraire, ...
flottoit indécis, ne fachant s'il ne de...
voit pas rejetter ce qu'il avoit applaud...
la veille. La tragédie avoit perdu f...
noble fimplicité, elle étoit toute en...
décorations, en tableaux mouvans, en...
fituations forcées. La comédie n'avo...
plus ni fel, ni gaieté; des perfonnage...
pleureurs & triftement vertueux prodi...
guoient la morale & répandoien...
l'ennui (1). On ne faifoit plus d'od...
qui en méritaffent le nom. On écri...
voit des poëmes en profe & on...

(1) Les Arabes étoient encore heureu...
leurs comédies ne valoient rien, mais ...
avoient du moins. Tout le monde n'en p...
pas dire autant.

gâtoi...

gâtoit. On accueilloit une littérature
étrangere, & l'on crioit miracle à
des chofes communes pour mieux décourager & rabaiffer fes compatriotes.
Mais ce qui révolta le plus Izerben,
ce fut de voir qu'on dédaignoit in-
folemment la rime, la rime qui lui
avoit coûté tant de foins, & qui,
malgré fa fouveraineté antique &
vénérable, étoit maltraitée dans des
ouvrages applaudis. Il prédit en gémif-
fant fa ruine totale, comme gênant le
génie libre des écrivains qui planent
dans l'indépendance. De plus, une
nuée d'hiftoriettes, de petits contes
moraux & dits philofophiques, avoit
étouffé jufqu'aux romans qui fembloient dès-lors trop longs. On ne
vouloit plus lire qu'en découpure &
dans des inftans perdus, auffi ce qu'on
lifoit étoit de petits chef-d'œuvres de
typographie, de gravure & de poéfie.

Le burin & la plume affociés à frais
communs pour le grand voyage de

K

l'immortalité difparoient en ch
de leur prééminence , mais les be
gens favoient bientôt les metres d
cord. Izerben vit fes écrits prefq
oubliés , il n'étoit plus qu'un écri
faftidieux ; fes penfées jadis nobles
paroiffoient plus que commune
étoit effacé par un jeune poëte au
loris brillant & animé , qui avoir
privilege d'être lu de toutes les fe
mes ; fes vers téoient nuancés com
les rubans dont elles fe parent; vif
léger, il parloit leur langage étincel
& rapide ; il retraçoit fans ceffe à l
yeux cette volupté dont elles ado
jufqu'à l'ombre ; il couronnoit
pompons la tête des actrices &
Reines. Célebre & aimable , ingé
& féduifant , il voyoit fa gloire
pandue dans un monde qui po
aifément le dédommager de fon
fuffrage , & le plaifir qui fait les
& les poëtes étoit fon Apollon.

Les femmes , dont l'ambiti

connoît point de bornes , préfidoient
à la littérature & faifoient du moins
pour un mois la réputation des auteurs. Tout étoit fingulier, mignon,
fuperficiel. Le génie ne voloit plus
parmi la foudre & les éclairs ;
transformé en papillon, il fe jouoit
fur les fleurs , badinoit aux pieds de
Silvie , vantoit fa bouche de rofes, l'é-
clat de fon teint, la malice de fes yeux,
foupiroit , jaloux du zéphir qui caref-
foit fon fein ; il étoit peut-être plus
heureux, mais fans doute moins grand.

Izerben fut encore étourdi de la
foule innombrable de poëtes, infectes
qui bourdonnoient de toutes parts. Il
s'en échappoit même de la poufiere
du barreau. Le plus mince commis
protégeoit un petit verfificateur qui
faifoit des chanfons & des bouquets,
& chaque maifon avoit fon bel efprit
& fon poëte d'office. La renommée
étoit plus que jamais une chimere ;
car les noms les plus rifibles, répan-

dus & prônés, paroissoient inséparables des noms les plus illustres. Un ouvrage ridicule rendoit son auteur célebre; & quoi qu'on en dise, pourvu que l'on parle de nous, qu'importe de quelle maniere?

Izerben n'auroit jamais soupçonné les folies inconstantes de sa nation, tant elles sortoient des regles. Il entreprit cependant, au milieu de ce libertinage de goût, de publier son poëme rempli de beautés mâles & séveres. On l'admira, mais voilà tout. L'empreinte du grand ne pouvoit plus toucher des esprits légers qui couroient après des étincelles. En vain le génie y respiroit à chaque page, trois vaudevilles l'étoufferent. Un journaliste plaisanta, & on ne se souvint que du bon mot. Izerben connoissoit trop sa supériorité pour murmurer d'un pareil jugement, il vit d'un œil indifférent la frivolité du public qui traitoit son poëme comme ces anciens chef-d'œuvres abandonnés pour des farces ignobles , & devint plus superbe d'un dédain qui ne faisoit pas sa honte. Il ramassa toutes les pieces de poésie de ses jeunes rivaux, les lut attentivement , sourit & les jetta au feu. Ensuite renonçant aux applaudissemens du peuple , à ses suffrages, satisfait du sien propre & content de lui-même , il se couronna de ses propres mains , se déclara vainqueur & le premier poëte des Arabes , nonobstant toute réputation supérieure à la sienne, comme fausse, usurpée & mal fondée. C'est ainsi qu'il se rendit justice , lorsqu'on la lui refusoit, & que ne voulant rien perdre de la gloire qui lui étoit due, il crut encore s'apprécier sans orgueil.

CHAPITRE XVIII.

Générosité de Cariclo. Vieillesse du poëte Izerben. Le discours qu'il fait avant sa mort.

CEPENDANT le bon Cariclo avoit reçu son frere à bras ouverts. Jamais joie ne fut égale à la sienne, il pouvoit enfin lui procurer une vie heureuse. Tandis que le poëte verdifioit dans un désert, le commerçant, par ses soins, ses travaux & sa prudente industrie, avoit rendu la fortune dans sa maison. Il étoit devenu riche, & il offrit à son frere ce qu'il possédoit. Il lui présenta ses enfans qu'il mouilloit de larmes d'attendrissement. Izerben vit ce bon pere adoré de sa famille, il régnoit sur elle avec la douceur & non l'autorité d'un Monarque. A cette image d'union & de

bienfaits réciproques , Izerben fentit
fon cœur ému,& fut touché d'une géné-
rofité qui ne l'étonnoit cependant pas.
Il fe fouvenoit de tant d'ingrats qui
l'avoient abandonné après la chûte de
fa profpérité , & il difoit : ah! mon
frere , que je fuis coupable ! j'ai illuf-
tré de faux généreux, j'ai chanté des
grands auxquels je croyois un cœur,
& jamais ton nom ne s'eft vu célébré
dans mes vers. J'éprouve aujourd'hui
un jufte remord : mais je veux réparer
ma faute, je ne veux plus vivre , je
ne veux plus écrire que pour annon-
cer tes bienfaits, que pour chanter tes
rares vertus ; oui , mon amitié, ma
reconnoiffance éclateront, & dans l'u-
nivers entier un nouveau poëme. . . . .
Vis heureux , vis tranquille , lui ré-
pondoit fon frere, ma récompenfe eft
dans ton cœur. Je ne veux être connu,
je ne veux être aimé que de toi. Le
Ciel m'a fait une double grace en me
permettant de partager ma fortune

avec un frere. Repofe-toi de tes
travaux, goûte les charmes de la vie
& n'en touche plus les épines.

Puis-je ici m'empêcher de comparer
la vie de ces deux freres ? Quelle différence & quel exemple de l'importance du choix d'un état pour vivre
heureux ! Caritès s'étoit livré de bonne
heure à des occupations utiles qui ne
demandent qu'une certaine étendue
d'efprit & l'occupent fans le fatiguer.
Il avoit pris aifément le pli & la teinte
des affaires du commerce , & les détails avoient roulé d'eux-mêmes. Il
avoit vécu libre en rempliffant les devoirs de citoyen , & s'étoit vu le chef
adoré de fa famille. S'il avoit effuyé
un de ces revers qu'on ne peut prévenir , il avoit eu la gloire de rétablir
feul les fondemens de fa maifon
ébranlée. Azora, fimple & tendre, avoit
fait fon bonheur , en lui donnant d'aimables enfans , dont le fourire lui
rappelloit à chaque inftant la douceur

d'être pere. Il avoit acquis l'eftime de fes amis & la confidération du public. La probité, cette premiere vertu, ré- pandoit fon éclat fur fes pas. On l'ap- pelloit l'honnête homme. L'abondance & là paix régnoient dans fa maifon ; il n'y rencontroit que des fujets de joie ; fa femme, fes enfans, fes en- fans élevés dans la vertu par la voix de la tendreffe & de la raifon ! Avec leur éducation il avoit affuré leur bien- être ; il pouvoit s'endormir fans re- mords & fans inquiétude en béniffant la vie, le Ciel & eux. Izerben entêté dès l'enfance d'une gloire imaginaire, & tourmenté par elle, avoit mené une vie incertaine, toujours femée de nouveaux troubles. Les trois quarts du tems fombre, diftrait, occupé d'ob- jets étrangers & foupirant après une vaine fumée, il ne s'étoit attaché à rien de folide & perfonne ne s'étoit attaché à lui. Ce génie ardent, labo- rieux, qu'il avoit reçu de la nature, &

qui , roulant fur les affaires , empèch...
le conduire plus aux hauts emploi...
s'épuifant fur des chimeres , lui devien...
même funefte. Il avoit fatigué fon
efprit pendant quarante ans , & quel
fruit avoit-il recueilli ? L'envie , le jaloufie , la haine , les perfécution...
fourdes , l'exil , la mifere , tranchon...
le mot, le mépris; mépris injufte , je
le veux , mais enfin le mépris. Tout
jufqu'à ce noble orgueil , effence de
fon ame, en le rendant incapable de
la moindre foupleffe & de la plus légere intrigue , l'avoit laiffé ifolé il
parce qu'il n'afpiroit qu'à embraffer
la gloire. S'il avoit goûté quelque...
inftans flatteurs, il les avoit payés bien
cher , & ces courts applaudiffemen...
n'avoient fait qu'irriter la foif de fon
immenfe ambition. Elle n'étoit pas fa-
risfaite , & il étoit malheureux par...
démon furveillant qui l'agitoit nuit...
jour.

Préfentement Iaerben pouvoit dan...

crainte s'abandonner à un doux repos.
Après tant d'orages il se voyoit dans
un port tranquille : mais au sein de
l'aisance, l'idée de son poëme dédaigné
venoit toujours tourmenter sa pensée.
Après deux années d'inquiétudes & de
nouveaux efforts secretement tentés
(car il avoit paru renoncer à la gloire),
il fit réflexion que sans ces soins in-
quiétans il seroit parfaitement heureux : je m'agite , disoit-il , je veux
tourner tous les esprits de mon côté,
je veux forcer l'admiration de mon
siecle insensible , & pourquoi ? Ah ! si
le vrai bonheur de l'homme est dans
l'équilibre de ses desirs & de ses fa-
cultés , je me suis furieusement écarté
de la route qui conduit à la félicité.
J'ai ambitionné plus de gloire qu'un
mortel puisse en acquérir, car enfin tout
est limité. Serai-je sans cesse importuné de l'aiguillon de la renommée ! Il
repassa en lui-même toutes les actions
de sa vie , & les sages leçons de son

K vj

pere lui revinrent en mémoire ; [il]
fentit la force & la fageffe lorfq[ue]
n'en étoit plus tems. Il s'avoua tacite[ment]
qu'il avoit pourfuivi avec trop
d'ardeur un éclat dont il ne voyoit pas
trop la réalité ; il découvrit même
que l'orgueil de furpaffer les autres
& de les effacer avoit été le prin[ci]
cipe fecret de fes travaux. Décom[po]
pofant enfuite cet orgueil, il s'apper[çut]
çut que c'étoit une foibleffe ; une
mifere réelle de l'homme infortuné
qui a befoin pour exifter du regard des
autres hommes. Il fentit qu'il étoit
plus grand de fe fuffire à foi-même,
& qu'un cœur occupé de fes vrais de[voirs]
voirs, dédaigne toutes les miférables
reffources de la vanité. Il eft vrai que
lorfqu'il commença à faire ces réfle[xions]
xions fon imagination étoit attiedie
par les glaces de l'âge ; elle ne difcern[oit]
plus fi diftinctement cette immorta[lité]
lité, ce fantôme éclatant qui l'avoit
égaré. Il vit alors, il vit que les biens

rayons de la gloire vont malgré tout
leur éclat se perdre triftement dans les
ombres horribles de la mort. Il frémit
de se voir près du cercueil sans avoir
connu la vie, il avoit rêvé, il n'avoit pas
vêcu. Où étoient ses amis? Où étoient
ses enfans ? Malheureux ! quel lien
l'attache au plaisir d'exister ! La postérité parlera de lui & il n'a pas un ami !
Dans quel cœur son cœur s'épanche-
t-il librement ? Il a enfanté des volumes immortels & il ne se verra pas
revivre dans un autre lui-même ; il
est illustre mais il est seul. Izerben
sentant qu'il ne tenoit à rien, éprouva
ce vuide affreux qui tôt ou tard punit
l'homme qui s'est écarté des desseins
de la nature & de la société. Il auroit
même connu le désespoir sans les
discours consolans de son frere. Un
homme sensible est naturellement
éloquent ; Caritès ranima cette ame
flétrie, parce qu'elle étoit désabusée ;
& ne pouvant rattacher le bandeau

officieux qui avoit prolongé fon ſuc-
.ſion , il l'invita du moins par des paroles douces & ſenſées à ſe pardonner à
lui-même ; il lui prouva qu'il n'étoit pas
coupable, ayant toujours été le chantre
de l'humanité & de la vertu, & n'ayant
à rougir de ſes vers ni devant des
hommes ni devant les Muſes. Il lui
inſpira cette confiance qui ouvre les
derniers replis du cœur, qui ſoulage
l'ame du fardeau qu'elle portoit, qui
l'inonde d'une pure joie, lorſque ſans
contrainte & ſans terreur elle oſe ſe
montrer à découvert & telle qu'elle
eſt. Tout homme qui n'eſt pas méchant aime à développer ſes ſentimens
& ſes affections ſecrettes. Izebin
connut les charmes de l'amitié ; attendri, il embraſſoit ſon frere, & content
de ſentir ſon cœur rajeuni, il s'écrioit
que Caritès poſſédoit toutes les vertus.

Notre vieux poëte , en fréquentant
ſon frere, s'apperçut qu'il avoit preſque
autant d'eſprit & plus de bon ſens que

lui ; il fut étonné de le trouver inftruit & éclairé dans la morale & même
dans la poéfie ; il n'avoit été qu'ama-
teur, mais c'eft juftement celui qui
jouit entierement de l'art. Qu'Izerben
fe repentoit d'avoir négligé fon frere
& de l'avoir jugé fur des dehors peu
brillans ! Il employa fes derniers jours à
remplir les devoirs d'un citoyen ; il en-
feigna la vertu à fes neveux , les ex-
hortant à des travaux honorables &
utiles. Il écarta avec grand foin toute
poéfie de leurs mains , ne voulant pas
qu'ils touchaffent même du bout des
levres cette coupe enchantereffe &
empoifonnée dont il avoit reffenti les
dangereux effets. Détrompé fans être
honteux de l'être , il difoit avec cette
tranquillité qui annonce une ame élevée : j'étois un infenfé qui fuivois un
faux ardent ; que mon expérience vous
inftruife , ô mes neveux , & que ma
faute en éclairant l'écueil, vous ferve
de leçon ! Vivez pour vos concitoyens ;

ſi vous êtes vertueux, vous ſerez [...]
grands, aſſez illuſtres. Izerben capa[...]
de tout, pour ajouter l'exemple à [...]
force de ſes paroles, pouſſa l'héroïſm[...]
juſqu'à brûler ſes derniers écrits : ma[...]
il n'eut pas le courage de taire un auſ[...]
grand ſacrifice, il en informa le public[...]
dans tous les journaux. C'étoit ſem[...]
dans les eſprits le germe de quelqu[...]
regrets ſur cette perte, mais chez l[...]
poëte le ſentiment prévient la réflexion[...]

Affoibli par les années & plus en[...]
core par les travaux continuels qu'il[...]
s'étoit impoſés, Izerben touchoit à ſ[...]
fin. L'étude mine & deſſeche, & l'o[...]
peut dire de plus d'un grand homme[...]
periit arte ſuâ. Son frere, preſque au[...]
âgé & bien moins conſtitué, étoit pl[...]
ſain & plus vigoureux que lui. L[...]
mort impitoyable qui ne reſpecte [...]
les lauriers, vint ſéparer deux c[...]
étroitement unis. On dit qu'avant [...]
d'expirer Izerben prononça ces m[...]

Ecoutez-moi, vous qui êtes d[...]

l'âge où l'imagination domine , nous
joue & nous abufe. Je le dis tout haut,
malheur à l'ambitieux qui veut fe dif-
tinguer par les talens de l'efprit ! Il
ne fait pas les maux qu'il fe prépare.
Qu'il apprenne de moi qu'il donne un
foufflet à l'amour propre de chaque
homme , & que l'amour propre outragé eft irréconciliable. L'orgueil de
s'élever au deffus des autres & de rendre fon nom immortel , tandis que
tout eft fait pour paffer , eft une folie
de l'efprit humain. La raifon parle au
moment où je fuis. Les chofes pa-
roiffent telles qu'elles font. Tout eft
dépouillé de cet éclat fugitif qui décore
nos frêles opinions. L'homme qui agit
eft préférable à l'homme qui creufe
des penfées. Heureux celui qui vit
inconnu ! il a affez de devoirs à remplir fur la terre ; qu'il foit utile aux
autres & à lui-même , voilà la gloire
la plus folide. Au lieu de porter fon

nom dans l'avenir, qu'il le rende cher
à ſes compatriotes ; alors , en mourant , il aura la douce conſolation de
jetter un regard ſatisfait ſur le cours
de ſa vie. Ah! je donnerois toute ma
gloire future pour avoir fait une action
généreuſe & ignorée ! O Mahomet!
pardonne à mon extravagance ; chacun porte au col le grelot de ſa folie.
L'aſtre irréſiſtible qui éclaira ma naiſſance, m'a fait coudre des mots pendant quarante ans ; j'ai été comme
l'inſecte qui, filant dans un coin ténébreux, ſe complaît dans ſon inutile ouvrage ; j'ai été comme la paille légere qui voltige ſéparée du bon grain.
N'appeſantis point ton bras ſur un
pauvre viſionaire , ô Mahomet! fais
moi miſéricorde & ne frappe pas mon
plus grand ennemi de la manie d'être
poëte!

Un demi-ſiecle après ſa mort, le bon
goût prit renaiſſance chez les Arabes.

Il faut ce tems pour féparer l'or pur
du clinquant. Les Arabes ouvrirent
les yeux fur les chef-d'œuvres qu'ils
avoient dédaignés. Les écrits d'Izerben
fortirent d'une indigne obfcurité; on
reconnut ce beau fimple, noble, qui d'a-
bord ne frappe pas vivement, mais
qui gagne à être examiné. Combien
d'ouvrages qui avoient eu une célébrité incroyable, refterent inconnus! Le
Tems eft le Dieu qui débrouille le
chaos; il agit avec lenteur, mais enfin il arrange & met tout à fa place.
Alors s'évanouiffent ces faux brillans
qui fafcinoient des yeux intéreffés, &
ce qui mérite l'hommage des fiecles
ne trouve plus de contradicteurs.

On érigea une ftatue au grand
homme qu'on avoit perfécuté & mé-
connu. Le prix qu'elle coûta auroit
fuffi à le préferver de la mifere pendant les vingt malheureufes années de
fa vie. Cependant fa froide & infen-

fible cendre repofoir dans un ....
obfcur. Honneurs tardifs, honne....
inutiles ! il n'avoit point d'enfans q....
puffent du moins recueillir l'honneur....
de porter fo....

On donnera l'hiſtoire d'un Philoſophe.

TABLE

DES CHAPITRES.

Fin de la Table.